ज़ाफ़रान सिंह

ज़ाफ़रान सिंह

मनोज कुमार पाण्डेय

वाणी प्रकाशन

प्रकाशन के उत्कृष्टतम 62 वर्ष

vaniprakashan.com

सजिल्द पहला संस्करण : 2023
सजिल्द दूसरा संस्करण : 2025

वाणी प्रकाशन
4695, 21-ए, दरियागंज, नयी दिल्ली-110 002
फ़ोन : + 91 11 23273167, 23275710

शाखाएँ
अशोक राजपथ, पटना-800 004, बिहार
कॉफ़ी हाउस कैम्पस, महात्मा गांधी मार्ग, प्रयागराज-211 001, उत्तर प्रदेश
महात्मा गांधी अन्तरराष्ट्रीय हिन्दी विश्वविद्यालय, वर्धा-442 001, महाराष्ट्र
sales@vaniprakashan.in
vaniprakashan@gmail.com

Jafran Singh
by Manoj Kumar Pandey

ISBN : 978-93-5775-056-1
Collecton of Stories

मूल्य : ₹ 475

जी.एस. ऑफ़सेट, दिल्ली-110 095 में मुद्रित
वाणी प्रकाशन का लोगो मक़बूल फ़िदा हुसैन की कूची से

भूमिका

कहानी से मेरा परिचय भी वैसे ही हुआ जैसे साधारण परिवारों के सामान्य बच्चों का होता है। अम्मा की कहानियों से दादी के किस्सों से नानी की धार्मिक कथाओं से और नाना के व्यावहारिक लोक जीवन के कथानकों से। सभी की कहानियों में कहीं भगवान थे तो कहीं देवी-देवता, कहीं बड़े राजे-महाराजे थे तो कहीं जादूगर-परियाँ। जिनमें से कुछेक तो मुझे आज भी याद है जैसे भरबित्तन की कहानी, तिलामूंगा की कथा। सभी के अपने-अपने अन्दाज थे किस्सागोई के, पर हमारे नाना की बात ही अलग थी। उनकी कहानियों में लोक जीवन के चरित्र, लोक भाषा और बेबाक बयानी अधिक थी जो मुझे ख़ूब रुचती थी और मुझ पर उनका अधिक प्रभाव था। बचपन में कहानी सुनते-सुनते और विद्यार्थी जीवन में कहानी पढ़ते-पढ़ते लिखने की सूझती थी। मैं बचपन से ही कहानियाँ बनाने में माहिर था, छोटा भाई अपनी क्लास में रोता तो मुझे उसे बहलाने उसकी क्लास में बुलाया जाता और फिर में वहाँ पहुँचकर उसकी पूरी क्लास के बच्चों को बहला देता। तब वह के.जी. में था और मैं तीसरी क्लास में। मेरे किस्सों में लोकजीवन के साधारण चरित्र अपनी भाषा और सीधे सपाट आचरण में होते जो सामान्य लोगों को सहजतय: समझ में आ जाते हैं और बच्चे तो फिर सहज ही होते हैं। आज भी मैं लिखते समय इन तीनों से समझौता नहीं करता—जो आया, जैसे आया, जिस रूप में आया—वैसा ही बयान करता हूँ।

विधिवत कहानी लेखन 1988 से प्रारम्भ किया जो आज तक जारी है। विद्यार्थी जीवन से गार्हस्थ जीवन फिर अभिभावक धर्म निर्वहन और साथ-साथ अपने कर्मक्षेत्र की बहुमुखी व्यस्तताओं में लेखन तो होता रहा पर उनका प्रकाशन पिछड़ता गया और अब पचासा पार हो चुका है, चाहत तो यही है कि जिस पाठक समाज के लिए ये सृजन किया उन तक मेरा ये प्रयास पहुँचे, वो मेरी रचनाऐं पढ़े और मेरा मूल्यांकन करें। आशा है मेरी आवाज उनके मन-हृदय तक पहुँच जाएगी।

शेष हरि इच्छा!

अनुक्रम

जाफ़रान सिंह

बड़ा अजीब नाम था उसका? जाफ़रान सिंह, भला पहाड़ों में ऐसे नाम कहीं रखे जाते हैं? पर उसका था। पहाड़ों में तो छोटे-छोटे नाम रखे जाते हैं जैसे शेर सिंह, धर्म सिंह, केहर सिंह। जाफ़रान सिंह पहाड़ी था ईमानदार, कर्मठ, सच्चा और पत्नीभक्त। जो भी उसका नाम सुनता उससे पूछता ज़रूर तुम्हारा ये नाम कैसे पड़ गया? ये पूछने पर वो अपनी कंचे जैसी आँखें नचाता और कहता—शाब मेरे बाबा ने मेरा ये नाम रखा था। वो जाफ़रान के (केसर) खेतों के ठेकेदार थे, कश्मीर में रहते थे, मेरे पिता भी उन्हीं के साथ काम करते थे, मैं वहीं पैदा हुआ था, शाब! जाफ़रान के खेतों में। तो तुम यहाँ यू.पी. में कैसे आ गये, वो भी लखनऊ में? इस प्रश्न के उत्तर में वो पेट पर हाथ फेरता हुआ कहता-शाब पेट यहाँ तक ले आया, रोजी यहाँ मिली तो जाता कहाँ शाब? फिर बच्चे कैसे पलते? उसका ये उत्तर सुनकर प्रश्नकर्ता सन्तुष्ट हो ही जाता था।

जाफ़रान सिंह हमारे बड़े भाईसाहब का खास अर्दली था और बड़े भाई साहब उसके लिए सबसे बड़े थे—ईश्वर से भी बड़े—साक्षात् भगवान। इसलिए वो मुझे भी बड़ा सम्मान देता था, कुछ भी पूछने या कहने पर खिस्स-सी हँसी बिखेरता—कंचे जैसी आँखे नचाता—बस एक वाक्य बोलकर रह जाता आप भी शाब। जाफ़रान सिंह हमारे बंगले के पीछे के सर्वेन्ट क्वार्टर में रहता था और हम ऑफ़िस के कैम्पस में रहते थे। हमारा ऑफ़िस कैम्पस बहुत बड़ा था, उसमें ऑफ़िस भी था और रिहायशी घर भी—अफ़सरों के बंगले और अन्य कर्मचारियों के आवास भी। इन दिनों वो क्वार्टर में अकेले ही रहता था, वैसे उसके परिवार में पत्नी, एक बेटी, एक बेटा और एक बूढ़ी माँ भी थे। अक्सर उसकी पत्नी और बेटा-बेटी पहाड़ में ही उसकी बूढ़ी माँ के साथ रहते जो प्राय: बीमार रहती थी और पहाड़ का अपना घर किसी कीमत पर छोड़ना नहीं चाहती थी। पत्नी बच्चे उनकी सेवा के साथ-साथ खेती

और अन्य घरेलू काम करके गुज़र करते थे। जाफ़रान सिंह अक्सर उनका स्मरण करता था, हमारी भाभी से उनकी चर्चा वो प्राय: करता था। बहूजी मेरी रज्जो अब बड़ी हो रही है कमली बराबर उसकी शादी की फिकर करती है अब उसके हाथ पीले करने हैं—भाभी उसे समझातीं चिन्ता मत करो जाफ़रान सिंह समय आयेगा तो उसका ब्याह भी हो जायेगा—पर अच्छी शादी करना—देखभाल के, जल्दी न मचाना कमली के कहने से। रज्जो उसकी बेटी थी जो तेरह बरस की हो चली थी और कमली उसकी पत्नी थी। जाफ़रान अपने बेटे पाँचू का जिक्र भी जब तब करता रहता था और मुझसे कहता—शाब देखिएगा मैं पाँचू को फौज में भर्ती करवाऊँगा लोग बोलेंगे देखो—फौजी पाँचू सिंह आ रहा है—जाफ़रान सिंह का बेटा।

जाफ़रान सिंह को नौकरी बड़ी उम्र में मिली थी दिल्ली, कलकत्ता भटकने के बाद उसके एक दूर के रिश्तेदार जो मेरे भाईसाहब के मित्र थे उन्होंने उसकी सिफारिश की थी, तब भाईसाहब ने उसे रखा था। हालाँकि ये नौकरी उसकी पक्की थी, पर भाईसाहब के विभाग में पेंशन नहीं थी। जाफ़रान इस समय भी पचास के आस-पास का था। उसे अपनी उम्र और ज़िन्दगी दोनों की भरपूर चिन्ता रहती थी—एक की बढ़ने की और दूसरी के घटने की। वो अक्सर मुझसे कहता—शाब मेरा क्या होगा? मैं कितने दिन चलूँगा? जिम्मेदारियाँ पूरी कर भी पाऊँगा या नहीं? और मैं उसे समझाता, फिकर मत करो जाफ़रान सिंह, सब ठीक होगा।

इस बीच अचानक एक दिन उसके घर से तार आया उसकी माँ की गम्भीर बीमारी का। वह भाईसाहब और भाभी से बताकर उनकी आज्ञा लेकर, अपने देस चला गया और लौटा लगभग एक माह बाद मय बीवी बच्चों के अपना सिर घोटाए—उसकी माँ मर गयी थी। हमारे घर के पिछवाड़े की रौनक अब बढ़ गयी थी जिधर सन्नाटा ही सन्नाटा रहा करता था उधर अब हमेशा चिल्ल-पों मची रहती थी। कमली बड़ी तेज थी वो हमेशा जाफ़रान पर चढ़ी ही रहती थी—पर जाफ़रान भी मर्द था— कभी-कभी अपना दर्द नहीं बर्दाश्त कर पाता—ऐसी स्थिति में कमली का दर्द बढ़ जाता—वो एकाध हाथ उसे रसीद कर देता और तब रोती-बिलखती कमली और तन्नाए जाफ़रान की पंचायत भाभी सुलझाती—इतना था, भाभी जो कहतीं दोनों मान जाते। इस संघर्ष का मुख्य कारण था जाफ़रान का तसेड़ीपन। कमली जाफ़रान के ताश खेलने की लत से दुखी रहती। जाफ़रान को जब छुट्टी मिलती ऑफ़िस के चपरासियों के साथ गड्डी फेंटने बैठ जाता हालाँकि वह जुआरी नहीं था पर ताश का नशा जुएँ के नशे से ज़्यादा नशीला होता है इसमें हारकर नशा काफूर होने की कोई सूरत जो नहीं होती? जुआरी हारा नहीं की भागा! पर तसेड़ी जमा तो जमकर बैठ ही गया।

इस बार जाफ़रान ने पाँचू के सिर पर हाथ रखकर कसम खाई थी वो ताश नहीं छुएगा, पर बीड़ी तो वो अब भी पीता था, वो भी स्टार बीड़ी। लेकिन उसकी बीड़ी कभी झगड़े का कारण नहीं बनीं। शायद कमली-रज्जो-पाँचू सभी बीड़ी की गन्ध के आदी हो गये थे। कुछ चपरासियों की पत्नियों ने तो भाभी से कमली के धुँआ उड़ाने के कारनामों की चश्मदीदी भी बखानी थी। सच्ची मेम साहब! मैंने अपनी आँख से कमली को बीड़ी पीते देखा था। भगवान कसम खाकर रक्खे चपरासी की पत्नी बिल्लो ने भाभी से कहा था गले पर हाथ रखकर। लेकिन भाभी ने कभी कमली से इसके बारे में पूछा नहीं।

इधर एक दिन हमारे ऑफ़िस कैम्पस में (जहाँ हम लोग रहते थे) बड़ी अफरा-तफरी मच गयी। मैदान में एक कौआ मर गया और कौओं का एक बड़ा झुण्ड वहाँ आकर जम गया—चारों तरफ़ काँव-काँव मची थी। बच्चे मौज ले रहे थे पर बड़े चिन्तित थे कि कौए बच्चों को टोंट न मार दें, उनके सिर पर बैठ न जाए। बड़े बच्चों को जितना मना करते-बच्चे उतने ही उल्लास और उमंग से मैदान में हो-हल्ला मचाते। कमली, रज्जो और पाँचू को घर में बंद करने ले जा रही थी पर दोनो उसकी पकड़ से आजाद होकर मैदान की ओर भाग गये। उसने जाफ़रान को पुकारा—कुछ करो ना? जाफ़रान बोला—मैं क्या कर सकता हूँ? कमली बोली—मैदान में जाकर बच्चों की देख-रेख तो कर सकते हो—या वहाँ भी मैं ही जाऊँ। जाफ़रान होठों पर बीड़ी दबाये—गोल-गोल आँखें नचाता मैदान की ओर बढ़ चला। मैदान के चारों ओर मजमा लगा था। जाफ़रान मेरे पास ही आकर खड़ा हुआ और मुझे देखते ही उसने बीड़ी मुँह से निकालकर फेंक दी। मैंने भी इसे नहीं देखा (देखकर भी)। हमारे आस-पास कुछ और कर्मचारी भी खड़े थे। रक्खे चपरासी ने दुल्लीचन्द ड्राइवर से कहा—दुल्ली भईया ये कौए बड़े खतरनाक होते हैं- जिसने कौए को मारा होगा—उसे ये छोड़ेंगे नहीं—इनकी पंचायत और उसका निर्णय ये जान देकर निभाते हैं और इनके यहाँ एक ही सजा होती है सजा-ए-मौत। दुल्ली बोला—तुम भी यार रक्खे! जाने क्या-क्या बक रहे हो तबसे। अमां कुछ अच्छा भी है या सब बुरा ही बुरा है। रक्खे चुप हो गया। फिर अचानक उचककर बोला—एक अच्छी बात है दुल्ली भईया? वो क्या—दुल्ली ने पूछा? हमारी ओर ये कहावत है कि कौए की जीभ खाने वाला सौ साल से पहले नहीं मर सकता? क्या बकवास कर रहे हो, चुप रहो रक्खे। रक्खे तो चुप हो गया—पर जाफ़रान सिंह उछल गया और बोला ऐसा क्या? रक्खे भाई-रक्खे बोला ऐसा ही है और वहाँ से तुनककर चल दिया दुल्लीचन्द को घूरता हुआ। देखते-देखते शाम ढल गयी-रात हो गयी और कौओं की काँव-काँव भी धीरी

होकर बन्द हो गयी। सुबह को चौकीदार सुक्खु ने मैदान में कौए के नुचे हुए पर देखे और कौआ ग़ायब पाया? लोगों में चर्चा शुरु हो गयी। ये हुआ कि या तो रात में कुत्ते लड़-लड़ाकर कौए को उठा ले गये या बिल्लियाँ उसे चट कर गयी किन्तु नुचे हुए कौए के परो को देखकर ये बात यहीं ठहर गयी। आख़िर कौआ ही तो मरा था, किसी का कोई सगा तो नहीं। हाँ लोग दबी जबान से ये कह ज़रूर रहे थे कि कोई जानवर ऐसे पर नोचकर अलग नहीं फेंक सकता! ये किसी आदमी का ही काम होगा पर किसका? यह रहस्य कोई नहीं समझ पाया।

अगले दिन जाफ़रान सिंह थोड़ी देर से बंगले आया। उसके माथे पर सूजन थी—जैसे किसी ने कुछ फेंककर मारा हो। मैंने पूछा—तो वह बहाना बना गया—अरे शाब घर के पल्ले से रात में लड़ गया था, कमली से कोई मारपीट नहीं हुई थी। मैं बोला—मैंने तो मारपीट के बारे में पूछा ही नहीं—तो वो सिर झुकाकर चला गया। उसदिन के बाद मुझे जाफ़रान सिंह में एक तबदीली दिखाई दी—वो बड़ा उल्लसित रहता और बड़े जोश में भरकर काम करता और बातें भी। एक दिन मैंने पूछा क्या बात है जाफ़रान आजकल बड़े खिले-खिले रहते हो? तो वो बोला—अब शाब मैं बढ़ती उम्र और ढलती नौकरी के बारे में नहीं सोचता-वोचता। सौ साल तक जीना है और खूब आगे बढ़ना है, रिटायर होकर भी रिटायर नहीं होना है। जाफ़रान सिंह के इस आत्मविश्वास का रहस्य मेरी समझ में कुछ-कुछ आता था, पर मैं वहाँ तक सोच नहीं सकता था और कह तो कतई नहीं सकता था।

इस घटना के कुछ दिन बीते थे मेरी पढ़ाई अब पूरी हो चुकी थी और दिल्ली में बैंक में मेरी नौकरी हो गयी थी पी.ओ. की। सो मैंने दिल्ली की राह ली—दस बरस हो गये अब तो मैं एक बच्चे का बाप भी हो गया था। दीपावली में कुछेक दिनों की छुट्टियाँ हुई और दो तीन दिन की छुट्टियाँ मैंने ली फिर हफ्ते भर को भाईसाहब के पास लखनऊ चला आया त्यौहार मनाने। भाभी बड़ी ख़ुश हुई उन्हें लगा कहाँ की रौनक घर में आ गयी। मैं बरसों बाद अपनी पुरानी जगह आया था जहाँ बरसों-बरस रहा था। बाहर निकला पुराने चेहरों की तलाश में, बस रक्खे ही दिखा—उसने मुझे प्रणाम किया—मैंने उसका हाल-चाल पूछा—वो बोला भईया सब अच्छा है आपकी दया है। मैंने पूछा—जाफ़रान सिंह कहाँ है रक्खे? कही वो...? रक्खे ने बीच में ही मेरी बात काट दी—अरे भईया वो पहाड़ गया है—रज्जो के बेटा हुआ है उसी को देखने गया है। उसे कुछ नहीं हुआ है। वो भला चंगा है। सौ साल से पहले मरने वाला नहीं। हमारे देस की कहावतें कभी ग़लत नहीं होती। मैं घर आया—भाभी से जाफ़रान के बारे में पूछा उन्होंने भी रक्खे वाली बात बताई और ये भी बताया कि

कमली अब पहाड़ में रहने लगी है और कहती है इसके (जाफ़रान सिंह) बर्तन में मैं पानी तक नहीं पी सकती—साथ रहना तो दूर रहा बीवी जी। और जाफ़रान सिंह? मेरे पूछने पर—भाभी बोली उसे क्या होगा उसकी सेहत पर कोई असर नहीं इन बातों का—कमली को मनाने में लगा रहता है। गोल-गोल आँखें नचाता है, बीड़ी का धुआ उड़ाता है। आजकल कमली उस पर मेहरबान है रज्जो के बेटा जो हुआ है, इसीलिए वो पहाड़ गया है उसके पीछे-पीछे। और पाँचू? मैंने धीरे-से पूछा तो भाभी बोली जाफ़रान ने उसे ड्राइवरी सिखवा दी है, कहता है फौज के ड्राइवर की भर्ती जल्दी आने वाली है, वहीं इसे भर्ती करवा दूँगा।

एक अच्छा साथ

भूषण और सुनैना का परिचय काफ़ी पुराना था क़रीब तेरह-चौदह बरस पुराना। और तो और दोनों के परिवार भी निकट थे। सभी एक दूसरे को जानते थे। दरअसल भूषण की बड़ी बहन निधि और सुनैना की बड़ी बहन संध्या बड़ी पक्की सहेलियाँ थीं। उन्हीं के जरिये दोनों परिवार एक-दूसरे से परिचित हुए और सुनैना एवम् भूषण की जान-पहचान हुई। संध्या अक्सर निधि के घर जाती, कभी-कभी सुनैना को भी साथ ले जाती। तब रसोई का चार्ज सम्हालती निधि और बाहर से खाने-पीने के चटपटे सामान लाता भूषण। लेकिन भूषण और सुनैना की जान-पहचान एक साधारण-सा परिचय मात्र ही थी। उन दिनों सुनैना डॉक्टरी की तैयारी कर रही थी और भूषण इंजीनियरिंग की। दरअसल संध्या शादीशुदा थी। उसके पति भूषण के ही शहर में नौकरी करते थे। संध्या की निधि से जान-पहचान कॉलेज में हुई। फिर उनकी दोस्ती बढ़ती चली गयी। सम्बन्ध गहरे होते चले गये। संध्या का मायका दूसरे शहर में था। कभी-कभी भूषण भी निधि के साथ संध्या के घर जाता था। लेकिन उससे सुनैना कभी वहाँ नहीं मिलती। बातचीत के दौरान ये ज़रूर पता लग जाता था कि सुनैना उन दिनों क्या कर रही है। समय बीतता गया, देखते-देखते निधि की शादी हो गयी। वह अपने ससुराल एक अन्य शहर में चली गयी। भूषण ने इंजीनियरिंग की तैयारी छोड़ कर बी.कॉम. किया फिर एम.बी.ए. और फिर उसे अपने ही शहर में एक अच्छी कम्पनी में सेल्स मैनेजर की जगह मिल गयी। उधर सुनैना ने भी डॉक्टरी की तैयारी छोड़ कर बी.एस.सी. किया और कम्प्यूटर का कोर्स करके उसमें पोस्ट ग्रेजुएट डिप्लोमा ले लिया। उसे संध्या के ही शहर में उसके जीजा के प्रयास से एक अच्छी नौकरी मिल गयी। वह एक प्राइवेट कम्पनी में असिस्टेंट कम्प्यूटर प्रोग्रामर हो गयी। कुछ अरसा बीत गया। भूषण और सुनैना की मुलाकात नहीं हुई, पर वो ये जान चुके थे कि वो एक ही शहर में हैं। शायद दोनों अपने-अपने काम में व्यस्त थे।

एक दिन भूषण संध्या के घर गया तो पता चला सुनैना ने अलग मकान ले लिया और अब वो संध्या के साथ नहीं रहती है। संध्या के अनुसार जीजा-साली में कम पटरी खाती थी फिर संध्या का घर भी बहुत बड़ा नहीं था आख़िर उसका भी अपना परिवार था, एक पति, दो बेटियाँ, एक सास।

भूषण निधि को ससुराल छोड़कर लौटा था। निधि ने भूषण से संध्या के नाम संदेशा भेजा था कि वह ठीक-ठाक पहुँच गयी। भूषण संध्या के घर गया तो वहाँ सौभाग्य से सुनैना भी थी। संध्या से थोड़ी बातचीत हुई फिर वह रसोई में चली गयी नाश्ता तैयार करने। बच्चे अपने कमरे में दादी के साथ थे। सुनैना और भूषण में बातचीत होने लगी। कैसे हैं आप—सुनैना ने धीरे-से पूछा था। भूषण ने ठीक वैसे ही धीरे-से उत्तर देते हुए कहा था—ठीक हूँ और आप? सुनैना का भी वही जवाब था। जो भूषण का था। फिर सुनैना ने भूषण के घर का हाल-चाल पूछा। कैसे हैं सब लोग आपके घर? भूषण बोला, अच्छे हैं। और आपके घर का क्या समाचार है? सुनैना ने भी जवाब दिया सभी लोग अच्छे हैं। उस रोज बिना किसी आसार के खूब पानी बरसा और भूषण-संध्या के घर चार घंटे रूका रहा। इस बीच उसकी सुनैना से काफ़ी बातें हुई। पानी रूका भूषण चलने को तैयार हुआ तो सुनैना ने उसे अपने ऑफ़िस और घर का पता दिया और आने का आमन्त्रण भी निवेदन सहित दिया। उस रोज भूषण देर से घर पहुँचा पर ख़ुश था। सुनैना से मिलकर उसे अच्छा लगा था।

एक रोज घूमते हुए भूषण सुनैना के घर की ओर चला गया। सुनैना उसे देखकर बेहद ख़ुश हुई। भूषण ने उसका घर देखा—वो सिंगल रूम सेट था पर साफ-सुथरा, करीने से सजा हुआ। ज़रूरत के सारे सामान थे, सुनैना के पास। भूषण ने मुस्कुराकर कहा—आपने तो अच्छी खासी गृहस्थी जमा कर ली है। सुनैना ने कहा—इतना तो कम से कम होना ही चाहिए। अकेले रहिये तो पता चले आटे दाल का भाव? दोनों मुस्कुरा दिये थे। भूषण को सुनैना का यूँ बोलना अच्छा लगा। उसने पूछा—अच्छा आपकी राशि क्या है? मतलब? सुनैना अचकचाई। घबड़ाइये मत मैं आपका जूडैक साइन पूछ रहा हूँ। भूषण ने मुस्कुराकर कहा—अच्छा वो? लियो-सिंह-सुनैना बोली। तभी तो आप इतनी बोल्ड हैं। भूषण फिर मुस्कुराया। आप मुझे बना रहे हैं—सुनैना ने प्रश्नवाचक निगाह से देखते हुए उससे कहा। अरे नहीं भाई—मैं सच कह रहा हूँ सिंह राशि के लोग बड़े तेज-तर्रार और स्पष्टवादी होते हैं। भूषण ने कहा। सुनैना बोली—ये आप मुझे आप-आप क्यों कह रहे हैं? भूषण बोला आप भी तो मुझे आप-आप कह रही हैं। फिर दोनों आप से तुम पर आ गये।

भूषण की नज़र घड़ी पर गयी वो बोला बाप रे बाप तीन घंटे हो गये—अच्छा मैं चलता हूँ। इजाजत दो। सुनैना बोली—आगे कब आना होगा तुम्हारा। भूषण बोला—इस बार तुम आना। मम्मी तुम्हें पूछ रही थीं। और निधि दीदी कैसी हैं? सुनैना ने पूछा—अच्छी हैं कुछ रोज गये उनका फोन आया था। कहकर भूषण वहाँ से चल दिया। लगभग महीने भर बाद सुनैना भूषण के घर आई, भूषण बड़ा ख़ुश हुआ। उसने खूब खातिरदारी की, सुनैना खूब ख़ुश हुई, उसे भूषण के घर आना बड़ा अच्छा लगा। खासकर भूषण से बातचीत करके और उसकी मम्मी का सामीप्य पाकर।

एक दिन भूषण को उसके ऑफ़िस में एक लिफ़ाफ़ा मिला जो उसे चपरासी ने ये कहते हुए दिया था कि एक आदमी दे गया इसे और आपको देने को कहा था? भूषण को आश्चर्य हुआ उसने हैरानी से लिफ़ाफ़ा ले लिया और उसे फाड़कर देखा? उसमें एक चिट्ठी थी जिसमें सुनैना ने उसे अपने जन्मदिन पर आमन्त्रित किया था। भूषण बड़ा ख़ुश हुआ। पर जिस दिन चिट्ठी मिली उसी रोज तो जन्मदिन था। चिट्ठी सुनैना के दफ़्तर का एक चपरासी भूषण के आफिस में दे गया था। शाम के पाँच बज गये थे और साढ़े पाँच का आमन्त्रण था। भूषण जल्दी से सीट छोड़ी और सुनैना के घर की ओर चल दिया। रास्ते में उसने एक फूल की दुकान पर मोटरसाइकिल रोकी और सुन्दर-सा बुके लाल फ्रेंडशिप के फूलों का बँधवाया और साथ में एक छोटा-सा पीला गुलाब का फूल भी ले लिया। सुनैना के घर जब वो पहुँचा तो सुनैना उसका इन्तज़ार कर रही थी। पर जन्मदिन जैसी कोई चहल-पहल कोई सजावट वहाँ नहीं थी। भूषण ने हैरान होते हुए उसे फ्रेंडशिप के फूलों वाला बुके दिया और गुलाब का फूल देते हुए जन्मदिन की बधाई दी। फिर बोला—ये कैसा जन्मदिन है। न कोई सजावट न कोई संगी-साथी। सुनैना बोली—तुमसे मिलने का मन हुआ सोचा जन्मदिन मना लूँ। मतलब? भूषण ने हैरान होकर पूछा? सुनैना ने मुस्कुरा कर जवाब दिया—मतलब आज मेरा कोई जन्मदिन नहीं है वो तो जुलाई में पड़ता है 13 जुलाई और आज 18 नवम्बर है। यू चीट—भूषण खींझते हुए खड़ा हो गया। सुनैना ने उसे बैठाते हुए कहा—तुमसे मिले काफ़ी दिन हुए तुम्हें देखने को जी चाहा, बात करने की इच्छा हुई, सो बुलावा भेजा। मैं जानती थी तुम काफ़ी व्यस्त हो इन दिनों। मेरे लिये समय नहीं निकाल पाओंगे। भूषण अब तक सहज हो चुका था। बोला—नहीं सुनैना, ऐसी बात नहीं है। मुझे भी तुमसे मिलने की इच्छा हो रही थी। यकीन मानों हफ्ते भर में समय निकालकर में तुमसे ज़रूर मिलता। अच्छा ये बताओ सुनैना—तुम्हें मुझसे बात करके कैसा लगता है? बहुत अच्छा लगता

है भूषण। क्या बताऊँ कितना अच्छा लगता है। ऑफ़िस में सहेलियों से रोज-रोज बातचीत करते-करते ऊब-सी होने लगती है। क्या तुम्हें अपने दोस्तों से ऊब नहीं लगती सुनैना ने पूछा? मेरे दोस्त! मेरे दोस्त तो मेरा भेजा चाट जाते हैं। कभी-कभी तो उनसे मिलना अच्छा लगता है। पर अक्सर मिल जाने पर बात करने को कुछ सूझता ही नहीं। वही घिसी-पिटी बातें भूषण तुनककर बोला। ये शायद प्रकृति का ही कमाल है कि आदमी-आदमी से और औरत-औरत से जल्दी ऊब जाते हैं। जबकि आदमी-औरत एक-दूसरे से काफ़ी अरसे तक जुड़े रह सकते हैं? सुनैना ने बात उठाई। तुमने ठीक कहा सुनैना—जिस तरह मैं अपने दोस्तों से तुम अपनी सहेलियों से ऊब जाती हो उसी तरह हर इन्सान अपने-अपने परिवारों से ऊब जाता है। मन जी बदलने को कुछ नया चाहता है। तभी शायद लड़के-लड़कियों के एक ग्रुप की दोस्ती कभी बासी नहीं होती उनमें हमेशा एक ताजगी बनी रहती है, भूषण बोला। तुम्हारी बात काफ़ी हद तक सही है सुनैना ने कहा। हम काफ़ी गम्भीर नहीं हो गये हैं भूषण? सुनैना ने सवाल किया—लो अभी साधारण हुए जाते हैं। बताओ क्या खिला रही हो, आज के इस शुभ दिन सुनेत्री—भूषण बोला। सुनैना ने कहा—क्या खिलाना? चाय पियो, नमकीन खाओ और चलते बनों वो मुस्कुराई। भूषण भी मुस्कुराकर बोला—आज बन्दा बिना खाये नहीं टलने वाला। और वहाँ घर पर जो तुम्हारी मम्मी खाना लिये तुम्हारी राह देख रही होंगी वो? सुनैना ने फिर मुस्कुराकर कहा। मैं उन्हें अभी फोन करके मना कर देता हूँ वैसे भी अभी साढ़े छः बजे हैं। मम्मी सात बजे खाना चढ़ाती हैं। और भूषण उठने को हुआ। तो ठीक है? मैं किचन में चलती हूँ और तुम फोन करने जाओ, दोनों उठ खड़े हुए। सुनैना की बात सुनकर, चलते-चलते भूषण बोला—सुनो? सुनैना ने पीछे मुड़कर देखा—क्या है। तुम हँसती हो तो फूल झड़ते हैं, तुम्हारी आँखें बहुत सुन्दर हैं? सुनैना। सुनैना ने गुस्सा दिखाते हुए भूषण को ढकेलते हुए कहा—अच्छा, अच्छा—अब जल्दी जाइए शायर महोदय अपनी माताश्री को फोन करके आइए। फिर दोनों हँसने लगे और सुनैना किचन की ओर चल दी और भूषण बाहर के दरवाजे की ओर।

आज सब भूखे हैं

आज जन्माष्टमी है। चाची के यहा पूरा परिवार व्रत है। सुबह से राधेकृष्ण, हरे कृष्णादि की गुनगुनाहट कभी गुसलखाने से तो कभी पूजा घर से सुनाई दे रही है। जो भी गुसलखाने में घुसता है तो कृष्णगान में, बाहर आता है तो कृष्णगान में, पूजाघर में जाता है तो कृष्णभजन में। देखते-देखते सभी नहा चुके, पूजा कर चुके। पूजाघर से सुगन्धित अगरबत्ती का धुआँ उठकर बाहर आ रहा है। सारा घर सुगन्धित हो उठा है। सुबह के लगभग आठ बज चुके हैं—आज नाश्ता नहीं मिलेगा—न टोस्ट न बटर, आज मिलेगा फलाहार, आज व्रत है न, अन्न नहीं खाना है इसलिए। और देखो कोई भूलकर भी अन्न मत खाना सुन लिया, ऐ मुन्नी तू जरा सम्हलके रहना हर चीज पर मुँह मारती रहती हैं। चाची सभी को सम्बोधित कर रही थी और अपनी सबसे छोटी मात्र सत्रह वर्षीय पुत्री को डाँट रही थी। आज नाश्ते की मेज पर इस समय सेंधा नमक मिश्रित चिप्स-पापड़, कचालू, भुने मेवे आदि नमकीन में और बर्फी शुद्ध खोये की मीठे में रखी है। आख़िर सभी लोग व्रत जो हैं। चाचाजी पूजाघर से आ चुके हैं छोटे भइया, मझले भइया, बड़े भइया, मुन्नी सभी की नजरें रसोई घर पर लगी है। बड़ी भाभी चाय की ट्रे लेकर आ रही हैं। व्रत है न सभी साथ मिलकर प्रात:कालीन कलेवा करेंगे। फिर आज चाचाजी का दफ़्तर, बड़े भइया का दफ़्तर, मझले भइया का ऑफ़िस बन्द है और छोटे भइया तथा मुन्नी को भी कॉलेज से गुठली मारने का मौक़ा मिल गया है। आख़िर आज कृष्ण जन्माष्टमी जो है, आज कॉलेज भी तो बंद है। बड़ी भाभी ने सबके आगे स्टील की गिलासों में भरी चाय रखी। आख़िर आज व्रत है—काँच के कपों में चाय क्योंकर मिलेगी? बड़ी भाभी ने अपनी कुर्सी सम्हाली—और फिर सभी जुट गये नाश्ते में। नाश्ता चुगते देर नहीं लगी। आख़िर आज व्रत जो था! आइटम सीमित थे। मुन्नी चटखारे ले-लेकर आलू उड़ा रही थी और तो और उसने नज़र बचाकर मझले भइया की प्लेट से दो आलू

भी चुरा लिये थे पर अफसोस छोटे भइया की प्लेट के आलू उड़ाने में उसकी दाल नहीं गली। पकड़ी गयी। चाचाजी ने डाटा—मुन्नी तुम्हारी मम्मी ने जो समझाया वो तुम नहीं समझी। आज तुम व्रत हो। मुन्नी बिचारी क्या करती, खिसिया गयी, और मन ही मन में किलसकर बोली, ये भी तो व्रत है और फिर मैं तो सबसे छोटी हूँ न! पर किसी पर उसके इन शब्दों का प्रभाव नहीं पड़ा। वो झेंपकर रह गयी।

दोपहर हुई बड़े भइया बड़ी भाभी से ये कहते पाये गये—अरे भई तुम्हारी रसोई की क्या पोजीशन है। कुछ तो ख्याल करो—तभी मझले भइया उधर से निकल पड़े और बोले—हम गरीबों का आख़िर आज व्रत है। भाभी ने हँसकर जवाब दिया—बस थोड़ी देर और सब्र करो—मैंने आलू परवल टमाटर की सब्जी बना ली है, आलू चाप डाल लिये हैं बस सिंघाड़े के आटे की पूड़ी निकालनी बाक़ी है। अभी आध घंटे में सब हुआ जाता है। तब तक-तब तक एक फलों का दौर हो जाये—मझले भइया ने, बड़े भइया के तबतक का? जी ख़ुश करने वाला जवाब दिया—आख़िर केला, सेब, अमरूद आदि किसलिए आये हैं—हमारी पेटपूजार्थ ही तो। वे ड्राइंगरूम में पहुँचे तो मुन्नी और छोटे भइया पहले से ही फलों पर जुटे थे और चाची भी चाचाजी के लिए सेब छील रही थीं। वे मुन्नी को काफ़ी देर से घूर रही थीं—जब नहीं बर्दाश्त कर सकी तो बोलीं - मुन्नी जा रसोई में अपनी भाभी का हाथ बटा। मुन्नी क्या करती सभी बड़े धमक चुके थे—थोड़ा कुछ कहती तो ढेरों सुनती—आख़िर में चल ही दी बेचारी रसोई की ओर।

दोपहर का फलाहार डाइनिंग टेबुल पर लग चुका है—सब्जी, आलूचाप, पूड़ी, फलादि उपस्थित है। सभी ने उठकर फलाहार किया—क्या करते बेचारे, इतना भी नहीं करते? आख़िर आज व्रत थे—कृष्ण जन्माष्टमी का।

शाम हुई तो एक बार फिर रसोई घर से देशी घी की खुशबू आने लगी। भाभी सूखे मेवे भून रहीं थीं, फिर चिप्स पापड़ तले—चाय बनी शाम का थोड़ा-सा नाश्ता सबने किया। चाचाजी ने चाचीजी से कहा—जरा गौर से देखो तो इन बेचारों का चेहरा? कैसा सूखा सूखा-सा, मुरझाया हुआ-सा लग रहा है। तुमने इन्हें क्यों मजबूर कर दिया उपवास रखने के लिए। तभी छोटे भइया बोले नहीं बाबू हम सबने पहले से व्रत रहना तय कर लिया था! अम्मा तो सुबह तक मना कर रही थी। फिर भी—चाचाजी ने लम्बी साँस ली! और बोले चलो नाश्ता करो।

रात में लगभग दस बजे फिर एक बार दोपहर के फलाहार का क्रम दोहराया गया। मुन्नी नींद से बेचैन थी, फिर भी उत्साहित रही। और जगी रही। मध्यरात्रि में

बारह बजे भगवान श्रीकृष्ण मुरारी का जन्म हुआ—इस बीच का समय कुछ लोगों ने ताश खेलकर, कुछ ने टी.वी. देखकर, कुछ ने रसोई में छुटपुट काम निपटाकर, काटा। पास वाले मन्दिर का भोंपू दिन भर गगन में चिघाड़ता रहा, दोपहर में न खुद सोया न किसी और को लेटने दिया। फिर आज कैसे लेटते व्रत में सोना नहीं चाहिए! चाची ने सुबह की हिदायत में सबको चेता दिया था।

लगभग एक बजा है। सभी सो चुके हैं। भाभी और चाची अभी बात कर रही हैं। भाभी चाची के सिर में तेल लगा रही हैं। उनका सिर दर्द कर रहा है आख़िर आज भूखी जो थीं। सुबह के नाश्ते की योजना बन चुकी है—कल जलेबी-खस्ता, टोस्ट-बटर के साथ रहेगा भाभी शायद पकौड़ियाँ भी बनाये। फिलहाल अब वो भी अपने कमरे में चली गयी हैं और मैं सुबह के बारे में सोच रहा हूँ कि जब नाश्ता मेज पर लग जायेगा तो सर्वसम्मति से ये बिल पास होगा कि कल का उपवास बड़ा खल रहा है। बड़ी कमजोरी महसूस हो रही है—आदि-आदि। हमारे देश में जब कोई व्रत रखता है तो कहता है आज हम भुक्खलबानी अर्थात् आज हम भूखे हैं व्रत हैं हमारा उपवास हैं। अब मुझे नींद आ रही है—मैं सोने जा रहा हूँ पर ये विचार मन मस्तिष्क में ज़रूर है—कि दिनभर चरने के बाद भी ये स्वयं को भूखा कहते रहे। कल सुबह फिर ब्रेकफास्ट करेंगे (अर्थात व्रत तोड़ेंगे—सुबह के नाश्ते से) ये व्रत न रहते तो ठीक था। पर ये हालत मेरी चाची के घर की ही नहीं आज अधिकांश परिवारों की है। सभी इसी तरह व्रत रहते हैं—भगवान के लिए।

बिजनेस

दिन के ग्यारह बज चुके थे चारों सेल्स मैन ऑफ़िस में आ गये थे—जीजस, वाहिद, सारंग, गुरूमीत। इन्तज़ार था तो सुपरवाइजर का जो अभी नहीं आया था। तभी दरवाजा खुला और एक भद्र-सा दीखने वाला व्यक्ति कमरे में प्रविष्ट हुआ। उसे देखकर सभी लोग खड़े हो गये और एक साथ बोले—गुड मार्निंग सर। गुड मार्निंग—उसने मुस्कुराते हुए जवाब दिया। सभी को बैठने का इशारा करता हुआ वह स्वयं भी बैठ गया। कुछ देर मौन रहा फिर बोला—मार्केट की क्या पोजीशन है? चारों के सिर झुक गये। वो बोला आप लोग जवाब क्यों नहीं देते? क्या समस्या है? कुछ तो बोलिये! जीजस खड़ा हुआ—पोजीशन इस नाट सैटसिफाइड बॉस। ये जवाब देकर उसने सिर झुका लिया—व्हाट इज योर प्राब्लम? सुपरवाजर ने कुछ तीखे स्वर में पूछा। इस बार वाहिद खड़ा हुआ—और बोला—हुजूर किसी को हमारे समान की ज़रूरत ही नहीं लोग तो ऐसा जताते हैं जैसे उनका घर भरा हो ज़रूरत के सामानों से और किसी नये सामान के लिए एक इंच की भी जगह न हो। सो सैड—ये कहते हुए सुपरवाइजर सारंग की ओर उन्मुख हुआ—सारंग खड़े होते हुए बोला—बड़ी मुश्किल से कल तीन पैकेट निकाल पाया। सुपरवाइजर ने कहा—कितने लोगों से कल मिले आप? सारंग ने कहा रोज के कोटे से दस अधिक लोगों से यानि के साठ लोगों से। सुपरवाइजर ने कहा—लाये कस्टमर्स के साइनों की डायरी। सारंग ने डायरी उठाकर उसके हाथ में दे दी। सुपरवाइजर डायरी के पन्ने उलटते हुए बोला मिलते तो आप बहुतों से है पर सामान इतना कम क्यों बिकता है। बोलिए। गुरूमीत जी आपकी क्या पोजीशन है? कोई खास नहीं है सर। इतना कहते हुए गुरुमीत भी खड़ा हो गया। झल्लाते हुए सुपरवाइजर ने अपने को सम्हाला और बोला—लगता है आप लोग ग्राहकों को ठीक से डील नहीं कर पाते, उन्हें कनवींस नहीं कर पाते। नहीं सर ऐसी बात नहीं है। लोग साफ इनकार कर देते हैं,

हम क्या कर सकते हैं— सारंग ने जवाब दिया। सिगरेट सुलगाते हुए सुपरवाइजर ने कहा—आप लोग बैठ जाइये। देखिये ये व्यापार है बिजनेस, यहाँ कोई आपको, आपके हाथ में नोट नहीं देगा। आपको उसकी जेब से पैसा निकालना होगा। वो कैसे सर! वहिद ने पूछा। कस्टमर की सिम्पैथी लेकर, उसे सन्तुष्ट करके, अपने सामान की बड़ाई करके, दूसरी कम्पनियों के सामानों को घटिया बताकर। लेकिन ये सब तो हम करता है बास—जीजस ने कहा। तो अपना दुखड़ा रोइये उनसे अपना दुखड़ा? गुरूमीत ने चौंककर पूछा। हाँ अपना दुखड़ा—अपनी मजबूरियाँ उनके सामने रखिये। सुपरवाइजर बोला। झूठी मजबूरियाँ सर—वाहिद ने पूछा? हाँ एकदम झूठी। सुपरवाइजर ने फिर कहा पर कैसे? सारंग ने सवाल किया। ठीक है, बताता हूँ—सिगरेट सुलगाता कश लगाता, धुआँ उड़ाता सुपरवाइजर बोला—घरेलू मजबूरियाँ बना लो, उन्हीं को बताकर लोगों की राय अपने पक्ष में कर लो। मसलन घर के बड़े लड़के बन जाओ, कहो पिताजी नहीं रहे, छोटे भाई-बहन हैं, विधवा माँ है, सबकी ज़िम्मेदारी मेरे ऊपर है, बहनों की शादी, भाइयों की पढ़ाई, सबकुछ मुझे ही करना है। मेरी कुछ मदद कीजिए सर नहीं पाँच तो कम से कम दो पैकेट ही ले लीजिए सर। झक्क मारकर वो दो तो ले ही लेगा। लेकिन ये तो फरेब है सारंग बोला। फरेब सुपरवाइजर जोर से हँसा—तो क्या ईमानदारी से धंधा करोगे। क्यों नहीं—सारंग ने कहा। तो तुम बहुत जल्दी कम्पनी से निकाल दिये जाओगे। सेठ जी ने कल ही मुझे डाँटा था और मार्केट में सप्लाई बढ़ाने की बात पर जोर दिया था। लेकिन ये तो धोखा है, हम कैसे कर पायेंगे भोले-भाले लोगों के साथ—गुरूमीत ने आपत्ति की। सुपरवाइजर थोड़ा गम्भीर होता हुआ बोला—ये धंधा है और धंधा ऐसे ही होता है। जो जितना ज़्यादा जनता को अपनी तरफ़ खींचता है वो उतना ही आगे बढ़ जाता है चाहे खींचने का तरीका सच्चा हो या झूठा। सच बोलकर लोग फकीर तो हो गये हैं पर व्यापारी सेठ हो गये हो, कम से कम मैंने तो ऐसा आदमी नहीं देखा। जीजस ने खड़े होकर कहा—सर अपन जाता है ये फरेब अपन से नहीं होगा और वो चला गया। धीरे-धीरे गुरूमीत, वाहिद, सारंग सभी उठकर चले गये। सुपरवाइजर अकेला रह गया और खुद ही बड़बड़ाता हुआ उठा—बेवकूफ, नये हैं न, तभी जोश है, आदर्श हैं, भूखे मरेंगें, ठोकरे खायेंगे तो समझेंगे कल ही दौड़े-दौड़े मेरे पास आयेंगे। व्यापार और ईमानदारी से? देखूँगा कैसे करेंगे। इन्हें नहीं पता धंधा कैसे होता है? तभी एक सेल्समैन खुशी-खुशी अन्दर दाखिल हुआ और बोला सर आपने जैसा बताया था मैंने वैसा ही किया उसके पीछे सारंग, जीजस, गुरूमीत और वाहिद भी भीतर आ गये। सुपरवाइजर उस नये सेल्समैन की ओर देखते हुए बोला

इन्हें समझाइए ये आपसे पुराने हैं। पर मेरी सुनता कौन है? समझाइए इन्हें कि धंधा कैसे होता है? रुपया कैसे बनता है? समझाइये इन्हें। ये कहते हुए सिर झटकते हुए वो कमरे से बाहर चला गया। उसके जाने के बाद वो नया सेल्समैन बोला—क्या बात है दोस्तों, क्यों मुँह लटकाये हुए हो। ओह! लगता है सुपरवाइजर ने फिर धंधे के गुण याद दिलाये। वो ठीक कहता है भाइयों! छोड़ो ये चिन्ता, ये तनाव, आओ मेरे साथ, हम वही मंत्र दोहराए जो हमें यहाँ पहले दिन ही सिखाया जाता है, कमान फ्रेंड्स कमान-

धंधा कैसे होता है, अपनी सूरत दिखाकर
धंधा कैसे होता है सबको मूरख बनाकर।।

धीरे-धीरे उसके साथ सभी शामिल हो गये और मिलकर बार-बार गाने लगे। क्या करते! सभी मजबूर थे।

जीवन साथी

छोटे भइया और छोटी भाभी ने हँसते हुए घर में प्रवेश किया। घुसते ही भइया ने आवाज लगाई—निशान्त, ओ निशान्त कहाँ हो भई।

निशान्त भीतर वाले कमरे से बाहर आया और बोला—अरे आप लोग कब आये? बड़ी जल्दी आ गये? पूरे तीन घंटे बाद आये हैं—भाभी ने मुस्कुराते हुए कहा। क्या बात है भाभी बड़ी ख़ुश नज़र आ रही है? कहीं... निशान्त आगे कुछ कहता कि छोटी भाभी चहक कर बोली- हाँ लड़की हमें बहुत पसन्द आयी, कल तुम भी उससे मिल आना। मैं... निशान्त शरमा गया। तभी उसे याद आया और वो पूछ बैठा—अरे बड़े भइया और बड़ी भाभी कहाँ रह गये?

तेरी दुल्हन के लिए इंगेजमेंट रिंग लेकर आते ही होंगे। ये तो उनके कोटे में पहले से ही था छोटे भईया उचक कर बोले—सभी हँसने लगे।

निशान्त के दो बड़े भाई और एक छोटी बहन है अपर्णा। अभी पिछले वर्ष सभी भाइयों ने मिलकर अपनी लाडली बहन की धूम-धाम से शादी की है। निशान्त इसी जिद में अपनी शादी पर राजी नहीं हुआ था कि पहले अपर्णा की शादी हो जाये फिर मैं करूँगा। तभी बड़े भइया और बड़ी भाभी आ गये। देखते-देखते सारा घर निशान्त की होने वाली दुल्हन की तारीफों से गूँजने लगा। ये सब सुनकर निशान्त के मन में एक अजीब-सी गुदगुदी हो रही थी, पर वह अपने आप को सम्हाले था। तभी बड़ी भाभी ने उसकी ओर देखकर कहा—देखो तो कैसे मन ही मन मुस्कुरा रहे हैं लल्लाजी। क्यों छोटे लल्लाजी वो छोटे भइया से मुखातिब होती हुई बोली—याद है न? आप भी इसी तरह अपनी हँसी छिपा रहे थे जब हम छोटी को देखकर आये थे। क्या भाभी आप भी... छोटे भइया गुस्साने की एक्टिंग करने लगे, पर मन ही मन ख़ुश हुए। निशान्त देख तो ये अँगूठी कैसी है? बड़े भइया अँगूठी दिखाते हुए बोले। छोटी भाभी ने निशान्त से पहले बाजी मार ली और अँगूठी बड़े भइया के हाथ

से लेकर सिर का पल्ला सम्हालती हुई बोली, मेरी वाली से तो बहुत अच्छी है, क्यूँ जी है न। छोटे भइया कुढ़ते हुए बोले, हाँ क्यों नहीं आज तक किसी औरत ने इससे अच्छी अँगूठी तो पहनी ही नहीं। तुम्हारी में क्या खराबी है। बड़ी भाभी ने हस्तक्षेप किया—अरे भई! तुम लोग फिर शुरू हो गये। अँगूठी निशान्त लल्ला को तो दो, देखने के लिए। निशान्त ने अँगूठी हाथ में ली सोने के पीले छल्ले पर लाल नग उसे बड़ा खूबसूरत लगा। भाभी ने पूछा—पसन्द है? तो उसने धीरे-से सिर हिला दिया। बड़े भइया कुछ गम्भीर होते हुए बोले, कितना अच्छा होता अगर आज हमारा सारा परिवार इकट्ठा होता! माँ की कितनी हसरत थी कि निशान्त की शादी देखें उसकी बहू को अपने हाथों से घर की दहलीज पर उतारें। पर...

और हाँ देखो—पिताजी भी नहीं आ पाये अपर्णा को लेकर तार भेज दिया कि तुम लोग ही निशान्त की मंगनी तय कर दो, अपर्णा की तबियत कुछ गड़बड़ है—मैं उसे निशान्त के तिलक तक लेता आऊँगा।

माँ का जिक्र होते ही निशान्त परेशान हो उठता है ये जानते हुए भी आपने क्यूँ छेड़ी ये बात बड़ी भाभी ने बीच में ही बड़े भइया को टोक दिया। माहौल की गम्भीरता को फिर से हल्का करती हुईं बड़ी भाभी बोलीं—देखो निशान्त लल्ला उन्होंने कल तुम्हें अपने घर बुलाया है, जाकर लड़की देख आना? कौन मैं? ना बाबा ना! मुझे देखना होता तो मैं आप लोगों के साथ न चलता? आप लोगों को पसन्द है, तो मुझे भी पसन्द है। मैं नहीं जाने वाला।

लेकिन वो लोग यही चाहते हैं कि शादी से पहले लड़का-लड़की, एक-दूसरे को अच्छी तरह देख-समझ लें - छोटे भइया बोले।

लेकिन मैं... निशान्त ने फिर टालामटोली की, कुछ नहीं कल तुम जाओगे और तुम्हारे छोटे भइया-भाभी तुम्हारे साथ जायेंगे, बस। छोटी बहू—अब जरा, थकान मिटाने के लिए गरमा गरम चाय हो जाये- बड़े भइया अधिकार जताते हुए बोले। ये हुई न बात—छोटे भइया थोड़ा ख़ुश होते हुए बोले। अभी लीजिए भाई साहब कहकर छोटी भाभी रसोई की ओर चल दीं।

रात जैसे-तैसे कट गयी। निशान्त करवटें लेता रहा और आने वाले नये कल के बारे में सोचता रहा। कैसे मिलेगा? क्या बात करेगा? अपनी होने वाली पत्नी से। रह-रहकर उसे यही ख्याल आता था। खैर सुबह के सूर्योदय ने उसे ये एहसास दिला दिया कि, नया कल हो गया है और उसे आज कहीं किसी विशेष स्थान पर, कार्य विशेष के लिए जाना है।

गली के भीतर बायें से तीसरे मकान पर जाकर छोटे भइया रूक गये। उन्होंने घंटी बजाई तो एक भद्र-सी दिखने वाली महिला ने उनका स्वागत किया—आप लोग आ गये? ये कहते हुए उसने दरवाजा खोल दिया। छोटे भइया आगे थे और छोटी भाभी तथा निशान्त उनके पीछे। गली के अन्य सभी लोगों की गर्दनें अपने-अपने घर के झरोखों से बाहर निकली थीं, कुछ औरतें, लड़कियाँ, छोटे-छोटे लड़के और मर्द इन लोगों को बड़े गौर से देख रहे थे। न जाने क्यों ये सब निशान्त को बड़ा अटपटा-सा लगा। जल्दी-जल्दी वह भी उस घर में दाखिल हो गया।

छोटे-से दरवाजे के भीतर घर अच्छा खासा बड़ा था। एक सजे-संवरे कमरे में बैठाकर वह भद्र महिला भीतर चली गयी। निशान्त ने भाभी से फुस-फुसाकर पूछा ये कौन है? तेरी सास। भाभी ने सीधा उत्तर दिया। निशान्त को भाभी का ये ढंग अच्छा नहीं लगा। तभी उस भद्र महिला ने उस कक्ष में पुनः प्रवेश किया और निशान्त के सामने बैठ गयी। थोड़ी देर में एक वृद्ध से दिखने वाले पुरुष भी उस कक्ष में दाखिल हुए। निशान्त इस बार समझ गया कि ये लड़की के पिता होंगे। औपचारिक बातें दोनों ओर से शुरू हो चुकी थी कि तभी एक सुन्दर-सी लड़की नाश्ते की ट्रे लिए उस कमरे में दाखिल हुई। निशान्त ने उसे कनाखियों से देखा और मन-ही-मन बड़ा ख़ुश हुआ। लड़की उसे पसन्द आयी। तो लड़की भी निशान्त को कनाखियों से देखकर मुस्कुरायी। तभी उस भद्र महिला ने उस लड़की की ओर देखकर कहा—ये हमारी छोटी बेटी है—पूर्वा। निशान्त के मुँह से अनजाने में निकल गया क्या यही है वो? तभी मुस्कुराते हुए निशान्त के ससुर (होने वाले) बोले नहीं वो तो हमारी बड़ी बेटी है, जिससे आपकी शादी तय हुई है। वो भीतर वाले कमरे में है। अभी हम उसे बुलाते हैं। निशान्त ने झेंपते हुए कहा—नहीं-नहीं रहने दीजिए। भाभी मुस्कुराते हुए बोली क्यूँ रहने दीजिए अरे भई उसी से तो मिलाने हम तुम्हें यहाँ लाये हैं। लेकिन मेरे विचार से प्राची को यहाँ न बुलाकर निशान्त को उसके पास भेजना चाहिए। क्यों जी? छोटे भइया ने छोटी भाभी की राय में सहमति दी। पूर्वा इन्हें ले जाओ प्राची के कमरे में। पूर्वा की माँ ने कहा। चलिए जीजाजी - हँसती हुई पूर्वा ने निशान्त का हाथ पकड़ कर उसे उठाया, निशान्त झेंप कर रह गया और खड़ा हो गया।

प्राची के कमरे के सामने जाकर पूर्वा रूक गयी और बोली जाइए जीजाजी भीतर। मैं... अकेले... तो क्या हुआ? दीदी भी अकेली हैं! जाइये... निशान्त ने उसे लाख रोका पर वो रुकी नहीं और हँसती हुई चली गयी। निशान्त को प्राची के पास अकेला छोड़कर।

निशान्त ने गला साफ करते हुए कमरे में प्रवेश किया—भीतर पहुँचते ही एक सुरीली आवाज ने उसका स्वागत किया—आइए... बैठिए। निशान्त ने देखा एक सुन्दर-सी लड़की, लाल साउथ सिल्क की साड़ी पहने खड़ी थी। उसने फिर निशान्त से कहा—आइए और सामने के सोफे पर इशारा करती हुई बोली यहाँ बैठिए। निशान्त बैठ गया, पर खड़ा हो गया और बोला आप भी बैठिए। दोनों आमने-सामने बैठ गये। बीच में एक लम्बी-सी मेज थी (दोनों के दरम्यान)। थोड़ी देर तक दोनों खामोश रहे। सामने मेज पर रखे गिलास की ओर इशारा करता हुआ निशान्त बोला—पानी मिलेगा? क्यूँ नहीं। प्राची ने पास ही रखी हुई ठण्डी बोतल से पानी गिलास में उड़ेला और गिलास निशान्त की ओर बढ़ा दिया—लीजिए। पानी पीकर निशान्त ने जेब से रूमाल निकाला, अपना मुँह पोंछा और पसीना भी। फिर कुछ व्यवस्थित होता हुआ बोला—मेरा नाम निशान्त है और मेरा प्राची। दोनों ने एक-दूसरे को अपना-अपना परिचय दिया।

बात को आगे निशान्त ने ही बढ़ाया

आप कितना पढ़ी हैं—बी.ए.

क्या-क्या विषय थे—अंग्रेजी, संस्कृत, अर्थशास्त्र।

आपके शौक क्या-क्या हैं—गायन में मेरी विशेष रुचि है वैसे घर के सभी काम मैं रुचि से करती हूँ जवाब देती हुई, प्राची चुप हो गयी। निशान्त ने फिर पूछा मेरे बारे में कुछ नहीं पूछोगी—मुझे मालूम है। अच्छा। क्या-क्या मालूम है निशान्त ने टोका। यही कि आप हाईस्कूल पास हैं, मुझसे कम पढ़े-लिखे हैं एक प्रेस में सर्विस करते हैं, आपकी नौकरी परमानेंट है, वेतन ठीक है, तीन भाई, एक बहन है, और... तभी उसे निशान्त ने टोका अरे भई कुछ मेरे लिए भी रहने देंगी। दोनों मुस्कुरा उठे। चाय चलेगी—प्राची ने पूछा—क्यूँ नहीं निशान्त के कहते ही प्राची उठकर ट्रे ले आई। जिसमें सारा सामान था। दो कप थे, कुछ छोटी-छोटी प्लेटे थी, जिनमें मिठाई, बिस्कुट, दालमोट आदि थे और एक केतली थी। प्राची ने कपों में चाय उड़ेली और निशान्त के सामने सारा नाश्ता सलीके से लगा दिया।

निशान्त ने मजाक-सा करते हुए पूछा—आप मेरे बारे में बड़ी खबर रखती हैं। क्यूँ न रखूं? जीवन भर साथ जो रहना है प्राची ने जवाब दिया। लगती तो आप काफ़ी फ्रैंक हैं? क्यूँ न होऊँ इक्कीसवीं सदी की लड़की जो हूँ? निशान्त के सीधे सवाल का प्राची ने सीधा-सा उत्तर दिया। अच्छा अब कुछ मेरे मुँह से भी सुन लीजिए—सुनाइए—दोनों मुस्कुरा उठे। निशान्त कुछ गम्भीर होता हुआ बोला—एक साधारण से परिवार में मेरा जन्म हुआ। पिताजी तब प्रेस में एक छोटे से पद पर थे।

क्लर्क थे। हम तीन भाई और एक बहन है कुल ले देकर चार। बड़े भइया अम्बिकापुर में रेडियो स्टेशन में म्यूजिक कम्पोजर है, छोटे भइया पटना में रेडियो स्टेशन के म्यूजिक कम्पोजर है, मेरे जीजा इंजीनियर हैं, पापा उसी प्रेस में सुपरिटेंडेंट होकर रिटायर हुए जिसमें मैं आजकल काम कर रहा हूँ। मेरा पूरा परिवार संगीत में अच्छी रुचि रखता है और मैं, मैं तो संगीत का दीवाना हूँ। एक बड़ा प्रसिद्ध गायक बनना चाहता हूँ रफी साहब की तरह। मेरी माँ टीचर थीं, और पिताजी से कहीं योग्य थीं। तभी पिताजी सदा उनसे चिढ़े रहते थे और उन्हें परेशान करते-रहते थे। कभी-कभी शराब पीकर मार भी देते थे। देखते-देखते मेरी माँ की उन्होंने नौकरी छुड़वा दी, माँ भीतर ही भीतर घुलने लगीं और देखते-देखते दिमागी मरीज हो गयी। पिताजी ने कभी इसपर ध्यान नहीं दिया। बड़े भइया और छोटे भइया तब स्टेज पर गाते थे—दोनों ने दिनरात मेहनत करके माँ का बराबर इलाज कराया। माँ कुछ ठीक भी हो गयी। पर पिताजी अपनी आदतों से बाज नहीं आये। माँ का ध्यान रखने के लिए बड़े भइया ने शादी कर ली, फिर छोटे भइया की भी शादी हो गयी। मेरी दोनों भाभियाँ अच्छी थीं उन्होंने माँ की बड़ी सेवा की। पर भइया लोगों की बाहर नौकरी लगने से वे अपने-अपने परिवार ले गये। ये उनकी मजबूरियाँ थीं। माँ का जिम्मा मुझपर था। मैं भी नौकरी पर जाने लगा धीरे-धीरे पैसा हाथ में आने लगा, संगत बिगड़ गयी मैं खूब घूमने लगा, मनमानी करने लगा, माँ का भी ध्यान कम रखने लगा। इस बीच पिताजी कुछ सुधरे माँ का ध्यान रखने लगे—पर माँ की बीमारी ठीक हो-हो कर उभर आती। देखते-देखते एक रात उसपर फालिस का दौरा गिरा और वो अचलस्त हो गयीं। ये पाँच साल पहले की बात है। सभी भाइयों को खबर भेजी गयी। सब दौड़े-दौड़े आये। माँ का इलाज शुरू हुआ एक नये सिरे से फिर सबलोग उनकी सेवा में लग गये। पर दीर्घ रोगी प्रायः अप्रिय हो जाता है। चाहकर भी हम उसका उतना ध्यान नहीं रख सके जितना हमें रखना चाहिए था। कोई लाचार तो नहीं था पर अपनी-अपनी ज़िम्मेदारी से परेशान सब थे, तिसपर से माँ की चिन्ता। माँ जब थोड़ी ठीक रहती, तो मेरी शादी की बात करती, इशारे से मुझे बुलाती, जाने क्या-क्या समझाती। मेरी छोटी बहन मुझसे दो साल उम्र में छोटी थी। वो बड़े भइया के पास कुछ दिनों के लिए गयी थी। उसी बीच उसे एक इंजीनियर लड़के ने पसन्द कर लिया। हम सभी ने मिलकर उसकी शादी कर दी। माँ बड़ी ख़ुश हुई पर कुछ दिनों तक वो उदास भी रही। बाद में मेरी शादी पर जोर देने लगीं। मैं हाँ तो कर चुका था पर शायद भगवान को ये दिन माँ को दिखाना मंजूर नहीं था। दो साल हुए माँ का साया हम पर से उठ गया। हालाँकि उसने कभी किसी से कोई शिकायत नहीं की पर हम सब हमेशा

यही सोचकर दुखी रहते हैं कि हमने उस पर सही ढंग से अगर ध्यान दिया होता तो शायद ये नौबत न आती। हम सभी में आपस में बड़ा प्यार है। हालाकि हम लड़ते-झगड़ते भी हैं। पर जो भी है, हम सब अपनी-अपनी जगह ख़ुश हैं।

तुम्हें ये सब बताना इस लिए मुनासिब समझा, कि तुम हमारे परिवार को ठीक से समझ सको। प्राची गम्भीरता के वातावरण को थोड़ा हल्कापन देना चाहती थी इसलिए वो बोली—जनाब आपने परिवार के बारे में सबकुछ बता दिया। अपने बारे में, अपनी ख्वाहिशों के बारे में कुछ नहीं बतायेंगे?

निशान्त फिर बोला—मेरा सपना एक छोटे से अच्छे से, खुशहाल घर का है, जो अब तुम्हारे हाथ में है। वैसे मेरी तनख्वाह कुल 1800 रुपये है। तुम मेरे साथ निभा पाओगी? तुम्हारी ख़्वाहिशें इतने कम पैसों में पूरी हो सकेंगी? और फिर मैं संगीत का साधक हूँ। मेरा सहयोग कर सकोगी? मुझसे ऊबोगी की तो नहीं।

प्राची पहली बार गम्भीर होती हुई बोली—मेरे सपनें से कहीं हसीन मेरा सच साबित हो रहा है। अगर एक चाहने वाला पति मिल जाये, ध्यान रखने वाले सास-ससुर, जेठ-जेठानी मिल जायें, तो एक बहू उससे ज़्यादा क्या चाहेगी—फिर मैं तो बड़ी कमियो में... उसे निशान्त ने रोक दिया। तुम्हारे कल से अगर वो अभावग्रस्त था तो मुझे हमदर्दी है, पर तुम्हारा आज और आने वाला कल अब सिर्फ़ तुम्हारा नहीं, हमारा है। जो होगा अच्छा या बुरा हम साथ झेलेंगे। अब हम अलग-अलग नहीं एक और एक मिलकर ग्यारह हो रहे हैं। सारे दुखों से, मुसीबतों से, हिम्मत से लड़ेंगे, बोलो मेरा साथ दोगी न? क्यों नहीं ज़रूर दूँगी। दोनों ने एक-दूसरे का हाथ थाम लिया।

तभी पूर्वा ने गला साफ करते हुए कमरे में प्रवेश किया। अरे भई! आप लोगों को समय का ध्यान रखना चाहिए, नयी अकेली लड़की, नया अकेला लड़का वो भी एकान्त में? लोग तरह-तरह की बाते करेंगे। चुप बदमाश कहीं की, प्राची उसे डाँटती हुई बोली। निशान्त घड़ी देखता हुआ झटके से खड़ा हो गया, अरे बाप रे! इतना समय हो गया। अच्छा साली साहिबा आप चलिए, हमारे आने की खबर दीजिए, हम अभी हाज़िर होते हैं।

पूर्वा चली गयी, फिर निशान्त और प्राची भी बाहर आ गये। दोनों सिर झुकाये हुए थे अपराध बोध से ग्रस्त से (जो उन्होंने नहीं किया था)। छोटे भइया निशान्त के पास आकर बोले क्यों भई आप लोग मिल लिए एक दूसरे से। सब ठीक ठाक तो है? छोटी भाभी ने उन्हें टोका। अरे कुछ तो शर्म कीजिए अब आप जेठ हैं। देवर

नहीं। छोटे भइया हड़बड़ा गये। प्राची शरमा कर भीतर चली गयी। सब एक-दूसरे से विदा लेने वाले ही थे कि तभी निशान्त ने अपनी सास से कहा जरा प्राची को बुला दीजिए।

सबको आश्चर्य हुआ। छोटे भइया कुछ बोलने वाले थे पर छोटी भाभी ने उन्हें हाथ पकड़कर रोक लिया। पूर्वा गयी। प्राची को बुला लाई। तब निशान्त ने अपनी जेब से इंगेजमेंट रिंग निकाली और प्राची की अनामिका उंगली में पहनाते हुए छोटी भाभी की ओर मुखातिब होकर बोला छोटी भाभी मुझे मेरे परिवार द्वारा चुना गया जीवन साथी स्वीकार्य है। सभी हंस पड़े। रुखसती खुशनुमा हो गयी जैसे किसी ने हवा में सुगन्धित इत्र घोल दिया हो।

गंधी

अक्सर छत पर ढलता हुआ सूरज देखता हूँ, लगभग रोज। घर पर जब भी रहता हूँ तो शाम छत पर ही गुजारता हूँ। आते-जाते पंछियों को देखता हूँ जिनकी तादात दिनोंदिन कम होती जा रही है आज कुछ ऐसी ही शाम थी। जब से होश सम्हाला सूरज से बड़ा लगाव है। सूर्योदय और सूर्यास्त देखना मुझे भाता है, भीतर से भाता है। ढलते हुए सूरज से मैं ये प्रार्थना करना नहीं भूलता कि हे प्रभु! कल तुम फिर आना और लोगों के जीवन में उजाला फैलाना, भटके हुए को राह दिखाना। आज इस प्रार्थना पर ध्यान टिक गया कि क्या वास्तव में सूरज भटके हुओं को राह दिखाता है? लोगों के सपनों में भटकते मन को उनके गन्तव्य तक ले जाता है? क्या गंधी को भी उसका लक्ष्य प्राप्त हुआ होगा? क्या उसके सपनें साकार हुए होंगे? छोटे-छोटे सपने जो जरा-सी अनुकूलता में ही पूरे हो सकते थे। मेरा मन अस्सी के दशक में चल पड़ा—जब ऐसी ही एक शाम-ढलते सूरज को देखने की फिराक में मैं अपनी छत पर जमा था और तभी मेरा ध्यान एक छरहरे, मलिन वस्त्रधारी, कन्धे पर खद्दर का झोला लटकाये, लगभग दौड़कर चलते हुए युवक पर पड़ी थी। ऐसा लगता था मानों उसकी कोई बहुमूल्य वस्तु उसके सामने से ही कोई लूटे ले जा रहा हो! और वह उसके पीछे सरपट भाग रहा हो। जबकि ऐसा था नहीं। वह चलता ही ऐसे था। मैंने बाद में जाना? वह गंधी था।

हमारा पुराना घर सड़क से सटा था। छत से सड़क दिखती थी एकदम सामने। हमारे मकान की छत पर एक विशाल पीपल के पेड़ की डालियाँ झूलती रहती थी। यद्यपि वह पेड़ सड़क की ओर था हमारे घर के पिछवाड़े। हाँ उस पीपल पर एक बड़ा चबूतरा अवश्य बना हुआ था—जो तमाम कामगारों के जमावड़े का अड्डा था—रिक्शेवालों का, ठेले वालों का, मजदूरों का। कभी-कभी कुछ मदारी और तमाशाबीन भी वहाँ बैठा करते थे और गाहे-बेगाहे कुछ गाने वालिया भी यहाँ दिख

जाती थीं। गंधी इन्हीं के साथ यदा-कदा बैठा हुआ दिखाई दे जाता था। यद्यपि वह इधर से गुज़रता रोज था पर बैठता कभी-कभी ही था। वो हमेशा जल्दी में ही रहता था—सरपट भागने की जल्दी में, झोला सम्हालते हुए। पढ़ने-लिखने से कभी फुर्सत मिलती या मन जी ऊबता तो मैं भी अम्मा की नजरे बचाकर चबूतरे की महफिल की टोह लेने चल देता। पिताजी के नाते जानते मुझे सब थे—सो मेरे पहुँचते ही वे अदब को ओढ़ लेते थे। मैं मजमा देखता ज़रूर था, कुछेक से उनमें मिलता ज़रूर था, पर मेरी निगाहें गंधी को ही ढूँढ़ती थी। इधर लगभग हफ्ते भर से वो मुझे दिखा नहीं था।

गर्मियों के दिन थे वो, विद्यालय बन्द थे उन दिनों। मुझे याद है उस दिन शुक्रवार था, किसी तरह मैंने बिन्नी के घर जाकर वो दोपहर काटी थी—अम्मा से बताकर गया था। पर चार बजे के बाद मैं बिन्नी के घर पर भी नहीं रुक सका? बाहर आ ही गया। सड़क पर देखा गर्मी की अंधड़ भरी लू अभी थमी नहीं थी, हाँ कुछ ढल अवश्य गयी थी। गेट से निकला ही था कि सामने गंधी दिख गया। वह दौड़ता-सा चला आ रहा था झोला सम्हालते हुए हमेशा की तरह। उस रोज मैं खुद भी नहीं समझ सका कि मैं कैसे गंधी के पास गया और उससे घुल-मिलकर बातें करने लगा और वो भी बड़ा मिलनसार निकला। मेरी सारी बातों का जवाब देता गया। मैंने पूछा—तुम्हारा नाम क्या है—वो बोला गंधी। मैं बोला नहीं—ये तो यहाँ के सारे लोग तुम्हें बुलाते हैं—तुम्हारा असली नाम—स्कूल वाला नाम। वो बोला—मुझे जब से याद है मैं स्कूल गया नहीं और लोग तो मुझे गंधी ही बुलाते हैं। मैं खीझकर बोला—अरे तुम्हारी अम्मा तुम्हें क्या कहकर बुलाती हैं—वो बोला अम्मा? अब तो वो रही नहीं जब थी तो मुन्ना कहती थीं। मैंने देखा बात आगे बढ़ाने से कोई फायदा नहीं है, इसे गंधी ही समझा जाये। तब तक हम चबूतरे के पास पहुँच गये थे—पसीने में तर गंधी पीपल की छाया में बैठना चाहता था पर ज़्यादा देर नहीं। वो बैठा, मैं भी उसके साथ बैठ गया। संवारे रिक्शे वाले ने गंधी को बुलाया—अरे गंधी भाई आओ ठण्डा-ठण्डा पानी पी लो, फिर सुस्ता के आगे जाना? कहाँ रहे यार इतने दिन? दिखे नहीं? सब ठीक-ठाक तो है? गंधी उसके पास गया मैं भी पीछे-पीछे लग लिया, संवारे मुझे देखकर कुछ सम्हला—अरे भइया आप हिंया? मैं बोला हाँ संवारे। आज गंधी से कुछ बात करने का मन है। कह दो ना अपने गंधी से, कुछ हमसे बतिया लें। संवारे गंधी से बोला—ये हमारे बड़े साहब के बेटवा हैं—गंधी भइया। इनवट्टी मां पढ़त हैं, तुमसे बात करा चाहत्थै, बतियावौ भइया! हमरे साहब केर बेटवा हैं। गंधी की नजरों में अब मेरे लिए अदब था, ये मैं देख सकता था। यद्यपि वह मुझसे

अवस्था में बड़ा था पर आज संवारे ने पद में मुझे गंधी से बड़ा बना दिया था, सो संवारे से मैं बोला—संवारे भइया-भट्‌टजी की दुकान से तीन चाय ले आओ स्पेशल वाली? आज चाय हमारी ओर से। हम-तुम-गंधी तीनों आज चाय पीएँगे। क्यों भई गंधी! गंधी ने सिर हिलाकर कहा—जी भइया। इस समय वह एक सीधे-साधे बच्चे जैसा प्रतीत हो रहा था कि उससे जो पूछो, वो बता दे- ऐसा।

चाय हमारे सामने थी—मलाईवाली-स्पेशल। हमने उठा ली। हम चुस्की लेकर धीरे-धीरे पी रहे थे और गंधी सुड़ुक-सुड़ुक कर तेजी-तेजी खींच रहा था। फिर वही जल्दी, मैंने गंधी से कहा आराम से गंधी धीरे-धीरे पिओ। वो सम्हलकर बोला-जी भइया। और कुछ धीरा पड़ा। मैंने पूछा लोग तुम्हें गंधी क्यों कहते हैं? वो बोला-गंध बेचता हूँ इसलिए। गन्ध? क्या इत्र-सेंट बेचते हो? वही झोले में रखे रहते हो क्या? वो बोला—कभी साहब हमारे दादा-परदादा बेचते थे कन्नौज में। पर अब तो हम ये अगरबत्ती धूपबत्ती बेचते हैं। पिताजी इसी के कारखाने में काम करते हैं, हमारी छोटी बहन और छोटा भाई भी उन्हीं के साथ लगे है उसी कारखाने में। और हम मालिक का माल बेचते हैं शहर में घूम-घूमकर। मालिक सारी बिक्री पर कमीशन देते हैं एक पैकेट पर चार आने। और तुम्हारी माँ? गंधी की आँखे कुछ छलकती महसूस हुई, पर वो सम्हलकर बोला—छोटा भाई जब तीन साल का था तो अम्मा को कालरा हो गया था, उसी में वो मर गयी थीं। तब-तब क्या। पिताजी छः महीने बाद दूसरी अम्मा ले आए। उनसे हमारे एक भाई-एक बहन हैं। दूसरी अम्मा तुम्हारे साथ कैसा व्यवहार करती है? एक जवाब पाकर मैंने दूसरा सवाल पूछा—गंधी बोला—जैसा सौतेली माएँ करती हैं। खाना बस हम, पा जाते हैं। आजकल गर्मी में तो दिक़्क़त नहीं होती पर बरसात और जाड़ा हम भाई-बहनों पर भारी पड़ता है। कितने का माल बेच लेते हो गंधी? वो बोला—चालीस-पचास रुपये का तो बिक ही जाता है भइया। बाक़ी जितना चल लें उतनी गुंजाइश रहती है। अभी कहाँ से आ रहे हो? वो बोला—सिंगारनगर से। मैं चौंका—पैदल! वो बोला—तो क्या भइया। कौन हमारे लिए रिक्शा बंधा है? उन दिनों हमारे शहर में बसें भी इक्की-दुक्की ही थी बाक़ी इक्के-तांगे और रिक्शे ही चलते थे या फिर लोग ग्यारह नंबर की बस से चलते थे यानि के पैदल। सिंगारनगर तो यहाँ से लगभग पन्द्रह किलोमीटर है—वो बोला हाँ भइया। मेरी कमाई मेरी चलाई पर निर्भर करती है। जितने पैकेट बेचूँगा उतनी चवन्नियाँ मेरी होंती है। मैं हैरान हो गया इस प्रचंड लू भरी गर्मी में ये मेहनत। मैं बोला गंधी एक दिन में कितना चल लेते हो? वो बोला—भइया पन्द्रह-बीस किलोमीटर तो चल ही लेता हूँ। अरे ये समझिए सुबह आठ बजे माल लेकर जो निकलता हूँ, तो कारखाने रात

आठ बजे ही पहुँचता हूँ। फिर नौ बजे घर, दस तक सो जाता हूँ। सुबह पाँच बजे उठता हूँ, सूरज भगवान से अपने सपनें पूरा करने की प्रार्थना करता हूँ और फिर लग जाता हूँ रोज के धंधे में। ये सब सुनकर मुझे गंधी से हमदर्दी हो चली थी। चाय खत्म हो चुकी थी और मैं गंधी को कुछ देर और रोकना चाहता था। मैंने संवारे से कहा—संवारे जरा एक-एक समोसे के साथ फिर से चाय ले आओ तो भट्ट से कुछ मजा कम आया? उसने गंधी के प्रत्युत्तर की प्रतीक्षा ही नहीं की। तुरन्त उठ खड़ा हुआ—गंधी कुछ कहता इससे पहले संवारे भट्ट की दुकान पर था। शायद संवारे भी गंधी को क़रीब से जानना चाहता था। देखते-देखते दूसरी चाय भी समोसे के साथ आ गयी। मैंने गंधी से खाने-पीने का संकेत किया, उसने चाय समोसा हाथ में ले लिया। अचानक मेरे मुँह से ये सवाल निकला—गंधी तुम्हारे सपने क्या-क्या हैं? इस बार वो मुस्कुराया बड़े साफ-सुथरे दाँत थे उसके। वो बोला—ज़्यादा कुछ नहीं भइया! बहन की शादी हो जाये और भाई की कोई अच्छी नौकरी लग जाये और और भइया हमारा एक छोटा-सा झोपड़ा बन जाये बस। इतना कहकर उसने बचा हुआ समोसा खाया, चाय पी और बोला भइया अब हमें इजाजत दीजिए वैसे ही हम काफ़ी देर तक बैठ लिए हैं। वह चबूतरे से नीचे कूदा-पैजामा खोसा, कुर्ता झाड़ा, झोला सम्हाला और चल पड़ा लगभग दौड़ता हुआ। हम देखते रहे और वो देखते-देखते हमारी आँखों से ओझल हो गया। मैंने संवारे को दस का नोट दिया और पूछा हो जायेगा? वो बोला बड़े आराम से भइया। फिर मैंने पूछा—संवारे ये बताओ, ये गंधी सामान बेचता कहाँ है? तो संवारे ने बताया कि शहर की हर बाज़ार में किराने वालों को, पूजा की दुकान वालों को ये अपनी अगरबत्ती, धूपबत्ती बेचता हैं। मैंने फिर संवारे से पूछा—क्या ये जो कह रहा था कर पायेगा? तो संवारे फीकी हँसी हंसता हुआ बोला—भइया आस बनाए रखने में क्या हर्ज है। बाक़ी ऊपर वाले की मर्जी। मैं गंधी की अटूट लगन, अथक प्रयास, कड़ी साधना के बारे में सोचता रहा और ये भी सोचता रहा कि ये तो नींद का रस भी नहीं जान पाता होगा? बिस्तर पर गिरा और सुबह हुई। फिर वही काम, वही दौड़ भाग, मेरा 'गंधी किसी गाँधी से कम नहीं था, मेरी नज़रों में।' उस दिन से वह मुझे और मैं उसे अधिक आदर और मान देने लगे थे। पर बैठ फिर कभी न पाये? न चाय पी पाये? न समोसे खा पाये। अर्सा गुज़र गया, पिताजी रिटायर हो गये, हम नये मकान में आ गये। संवारे भी अपने गाँव चला गया और फिर गंधी का दिखना भी कम हो गया। यूँ कहूँ कि वो दिखा ही नहीं। क्या हुआ गंधी का? उसके सपनों का? मैं नहीं जान सका? आसान नहीं थे

गंधी के सपने उसकी हैसियत के अनुसार-महानगर में बहन की अच्छी शादी, भाई की अच्छी नौकरी और अपना घर। जीवन की आपा-धापी अब अपने से ही फुर्सत नहीं देती? पर गंधी याद तो आता ही है? कहाँ होगा? कैसा होगा? ये भी उसके बारे में मैं सोचता हूँ। इन्हीं ख्यालों में कब तारे आसमान में निकल आये पता नहीं चला। ध्यान टूटा तो बिटिया नीचे से आवाज दे रही थी! पापा नीचे आइए मम्मी बुला रही हैं चाय तैयार है और भइया समोसे ले आया है।

वो रूठ गयी अच्छा ही हुआ

क्या बात है विपुल? आज बड़े उदास दिख रहे हो, घर में किसी ने कुछ कह दिया या फिर क्लास में किसी से झड़प हो गयी। बताओ न; क्यों इतने खोये-खोये और गुमसुम बैठे हो? वैदेही ने पूछा। विपुल मुस्कुराने की कोशिश करता हुआ बोला—नहीं, ऐसी कोई खास बात तो नहीं है। वैदेही मुस्कुराई—बोली, देखो विपुल मुझसे तुम नाटक नहीं कर सकते, दो वर्ष से तुम्हारी सहपाठिनी हूँ और मित्र भी (दोनों स्नातकोत्तर के छात्र थे—अन्तिम वर्ष के)। तुम्हारे एक-एक लक्षण से परिचित हूँ। तुम ख़ुश हो तो कैसे लगते हो, उदास रहते हो तो कैसे लगते हो, चिन्तन करते हो तो तुम्हारी क्या भावभंगिमा होती है। मुझसे कुछ छिपा नहीं है—बताओ क्या बात है? वैदेही विपुल की सबसे अच्छी मित्र थी, दोनों परस्पर बहुत खुले थे, एक-दूसरे की सभी बातें जानते थे। ऐसे में विपुल चाहकर भी बात बदल न सका और बोला—आज मंजुला मिली थी। कब? वैदेही ने पूछा—घर से कॉलेज आते समय। तो? क्या हुआ? बोलो भी। वैदेही, उत्सुकता दर्शाती हुई बोली—कुछ नहीं। बस बगल से गुज़र गयी। क्या! वैदेही चौंकती हुई विपुल से बोली। उसने तुमसे बात नहीं की, तुम्हें देखा था? हाँ। गम्भीर होता हुआ विपुल बोला। वैदेही ने कहा तो इसमें उदास होने की क्या बात है? अरे नहीं बोली न सही। टेक इट इजी, डोंट बी सीरियस, कमॉन—चलो क्लास का समय हो गया। पिछला क्लास भी तुमने नहीं लिया। क्या ये पीरियड भी छोड़ने का इरादा है? विपुल ने जवाब दिया—जाओ तुम अटैण्ड कर लो बाद में मैं तुमसे नोट्स ले लूँगा। मुझे इस समय अकेला छोड़ दो—प्लीज। अपनी किताबें घास पर रखती हुई वैदेही बोली—ठीक है तो मैं भी नहीं जाऊँगी। यही बैठूँगी तुम्हारे पास, धूनी रमाकर। दोनों मुस्कुराये। वैदेही ने पूछा—क्या बात है, विपुल तुम जब भी मंजुला का जिक्र करते हो इतने गम्भीर क्यों हो जाते हो, जहाँ तक मैं जानती हूँ तुम दोनों बचपन के दोस्त हो, इधर कुछ दिनों से तुममें खटपट हो गयी

है; इसमें इतना दुखी होने की क्या ज़रूरत है। कुछ दिनों बाद सम्बन्ध फिर सामान्य हो जायेंगे— डोंट वरी। विपुल गम्भीर होते हुए बोला—तुम न अब तक मुझे ठीक तरह से समझ सकी हो; न मंजुला को। हम दोनों बालसखा हैं, बालसहचर और तुम्हें पता है—सहचर्य का प्रेम ही सबसे प्रबल और चिर होता है। पति-पत्नी की प्रीति की प्रगाढ़ता का यही प्रेम आलम्बन होता है। हम बालसखा थे, धीरे-धीरे बड़े हुए, फिर जवान, परस्पर एक-दूसरे से बहुत मुखर थे हम, हर बातें करते रहते- बी.ए. तक हम साथ-साथ रहे—और इस कॉलेज में ही पढ़े अब हम एम.ए. में अलग हुए हैं। जानती हो यहाँ हमें लोग युगल जोड़ी कहकर पुकारते थे—कोई कहता—इनकी जोड़ी बड़ी अच्छी है, कोई कहता—अब इन्हें शादी कर लेनी चाहिए, लड़के-लड़कियाँ हमें हमेशा चिढ़ाते रहते। पर हममें कभी कोई ग़लतफहमी नहीं हुई। हमारी जाति अलग थी, संस्कार अलग थे और हममें सामाजिक सीमा तोड़ने की क्षमता नहीं थी। ये हम खूब अच्छी तरह जानते थे और हमारे बीच कभी ऐसी कोई बात नहीं हुई कि हम बालसखा जीवन-साथी बन जायें। पर लोगों ने ऐसा ही समझा। इसी बीच एक दिन मैं जब मंजुला के घर गया तो उसके बड़े भाई मंजुल ने मुझे भीतर नहीं जाने दिया, वो बोले—मंजुला घर में नहीं है—और आइन्दा आप यहाँ न आयें तो बेहतर होगा। मैं हतप्रभ तो अवश्य हुआ पर समझ गया कि ऐसा क्यों हुआ? दूसरे दिन मैं उसके कॉलेज में मंजुला से मिला—मंजुला उस दिन ख़ुश थी, पर मुझे देखकर उदास हो गयी? पूरे कॉलेज में शोर हो गया था, कि कल मंजुला की मंगनी हो गयी। पर मैं ये पहले न जान सका था, मंजुला ने भी नहीं बताया। मैंने उसे बधाई दी, उसने भरी हुई आँखों से स्वीकारी। वो बोली आओ कैन्टीन में चलें? मैं बोला नहीं—कहीं बाहर चलें। तुम्हारी सगाई सैलिब्रेट करें। उसने विरोध नहीं किया। तब हम दोनों एक रेस्टोरेंट में गये—जहाँ हमारा दूर-दूर तक कोई परिचित नहीं था। मैंने वेटर से दो प्लेट रसमलाई मँगवाई—और कॉफी का आर्डर भी दे दिया। वो चला गया। तब मैंने मंजुला से पूछा—तुमने मुझे क्यों नहीं बताया कि तुम्हारी सगाई होने वाली है? वो बोली मुझे भी खुद पता नहीं था? कल कॉलेज से जब घर पहुँची—तो मंजुल भइया बोले—आज शाम को कहीं मत जाना। कुछ लोग तुम्हें देखने आने वाले हैं। मैं हक्का-बक्का रह गयी? तभी मैं कल कॉलेज भी नहीं आई। जब तुम घर पर गये थे—तब मैं ऊपर वाले कमरे में थी लेकिन मैं कुछ कहती, उससे पहले मंजुल भइया तुम्हें मना कर चुके थे और तुम भी जा चुके थे। जब मैं खिड़की पर पहुँची तो तुम मुझे नहीं दिखे। कल मैं दिनभर सोचती रही, तुम्हारे बारे में, अपने बारे में, आज का इन्तज़ार करती रही। बोलो विपुल मैं क्या करूँ? यदि तुम मेरा साथ

दो तो हम दोनों विवाह कर लें! मैं जानती हूँ पहले हमारा विरोध होगा, पर बाद में सभी हमें स्वीकार कर लेगें। हमारे मन में प्रेम का अंकुर तो बचपन से पड़ चुका है और अंकुर पौधे का रूप भी ले चुका है। अब उसे बड़े होने की, फूलने-फलने की शक्ति हमें ही देनी है। जो हम चाहें तो दे सकते बोलो विपुल! तुम्हारा क्या फैसला है। मैं बोला—मुझे सोचने का मौक़ा दो। उसने कहा—मैं तुम्हें सिर्फ़ एक दिन ही दे सकती हूँ। मैंने कहा ठीक है। यदि हमें जीवन-साथी बनना होगा—तो मैं कल तुम्हारे घर आऊँगा। नहीं तो? मंजुला ने मेरा मुँह अपने हाथ से दबा दिया—और आँख छलकाती हुई बोली—तुम कल आओगे। पर मैं दूसरे दिन उसके घर नहीं जा सका? और वो मुझसे रूठ गयी। उसका रूठना अच्छा ही हुआ—क्योंकि मैं बेरोज़गार-परिवार जीवी उसे क्या दे सकता था? सिवाय सामाजिक प्रतिरोधों के। मेरा परिवार उसे स्वीकार न करता, ये मैं जानता था, फिर उसे उसके शुभेच्छुओं के बीच उपेक्षित भी नहीं देख सकता था। संत्रास, उत्पीड़न, संघर्ष सहने लायक मेरी परिस्थिति नहीं थी। ऐसे में मंजुला के प्रति मेरे प्रेम में वो निष्ठा भी शायद न थी जो आशिकों के दिल में होती है। मैं भावना प्रधान होता, कल्पना-जीवी होता तो शायद उसके घर जाता, फिर देखा जाता जो होता। लेकिन बुद्धिजीवी था, सोचने-समझने वाला सुस्त जीव शायद कायर भी। इसीलिए न जा सका। 'वो रूठ गयी, अच्छा ही हुआ' उसे मनाकर भी क्या दे पाता उसे। प्रेम की ओस चाटती हुई प्यासी ज़िन्दगी। 'वो रूठ गयी, अच्छा ही हुआ' विपुल की आँखें भर आयी। वैदेही ने उसके कन्धे पर हाथ रखा और बोली—टेक इट इजी। डोंट बी इमोशनल - बी ब्रेव। और वो अँग्रेजी सभ्यता में पली-बढ़ी आधुनिक लड़की विपुल के आँसू पोंछ रही थी।

सेल्स गर्ल

मैं छत पर बैठा पढ़ रहा था कि नीचे से अम्मा ने आवाज लगाई। मैंने पूछा क्या काम है? वो बोली नीचे आओ तो बताऊँगी। मैं नीचे आया। देखा दरवाजे पर एक अपरिचित महिला खड़ी है—साँवला रंग, साधारण नाक-नक्श दोनों हाथों में एक-एक झोले लिए। तभी माँ ने कहा—भइया ये क्रीम-पाउडर बेचनें आयी है। इनका सामान हमने देखा, अच्छा है, पर बड़ा मँहगा है, क्या कहते हो—ले लूँ। स्थिति समझते मुझे देर न लगी मेरा पूर्वानुमान सही निकला। वह एक सेल्स गर्ल थी। इन सेल्स गर्लों के विषय में मेरी धारणा बड़ी उदार थी—मैं यही मानता था कि किसी मजबूरी से ये बेचारी घर-घर घूम-घूम कर कम्पनियों का सामान बेंचती हैं और अपनी जीविका अर्जित करती हैं। फिर वह महिला मुझे न जाने क्यूँ मेरी सोच के अनुकूल लग रही थी और मैं उसके प्रति सहज ही अतिउदार हो चला था। मैंने अम्मा से पूछा- क्या ज़्यादा मँहगा है! तभी वह महिला बोल उठी—बाजार रेट से सस्ता है। हमारे सामान और मार्केट के सामान में कम से कम 5/- रु. का अन्तर है। नयी कम्पनी है इसलिए हमनें दाम कम ही लगाये हैं, देखियेगा महीने भर बाद हमारे सामान बड़ी-बड़ी कम्पनियों के सामानों के दाम के बराबर दाम में बिकेंगे। आप एक बार लेकर तो देखिये? फिर मुझे ढूँढ़ते फिरेंगे। मेरा मतलब है, हमारी कम्पनी का सामान हर दुकान पर पूछते फिरेंगे। उसकी कोकिल वाणी से ये समधुर वाक्य सुनने के पश्चात् मन के सारे सन्देह काफूर हो गये और हमनें अम्मा से कहा—ले लीजिए दोनों सामान-क्रीम भी पाउडर भी। अम्मा बोलीं अरे पाउडर तो अभी है हम बोले अरी अम्मा ले लीजिए—हम पैसा दे देंगे। फिर क्या था—सामान हमने ख़रीद लिया। उस सेल्स गर्ल के जाते ही हमने अपने मन की धारणायें अम्मा से कहनी शुरू की और अम्मा भी हमारा समर्थन करने लगीं। ठीक ही कहते हो बेचारी औरत जात, घर-घर घूमकर सामान बेचती है और फिर मिलने वाले कमीशन से अपना

गुजारा करती है। ठीक ही किया तुमने जो सामान उससे ले लिया—बेचारी न जाने अभी कहाँ-कहाँ भटकेगी। हम फिर ऊपर चल दिये—देखा तो सारे मोहल्ले की औरतें उससे क्रीम-पाउडर ले रही थीं। सभी कह रही थीं, अरे फलाने भइया (मेरा नाम लेकर) ने खुद सामान खरीदा है, तो अच्छा तो होगा ही (हम अपने मोहल्ले में आदर्श माने जाते रहे हैं)। एक औरत उससे बोली—बहनजी आपकी क्रीम लगाने पर ठण्डी क्यों लग रही है? वो बोली अरे बहनजी जाड़े में कोल्डक्रीम लगाई जाती है आप बेफिक्र होकर इस्तेमाल कीजिए कोई नुकसान नहीं होगा। वो महिला फिर बोली बहनजी हम अपने दिहात माँ अइसन क्रीम कबहुँ नाही लगायेन रहा—सो पूछ लिहेन। मैं छत पर खड़ा-खड़ा ये सारे दृश्य देखता रहा और उस सेल्स गर्ल के बारे में अपनी अवधारणाएँ बनाता रहा। देखते-ही-देखते उसका सारा सामान बिक गया। उसने अपने झोले समेटे और पैसे गिनकर चल पड़ी। तभी उसकी निगाह मुझ पर पड़ी—छत के नीचे। वो पास आकर बोली—आपका धन्यवाद। आपकी पहल से मेरा सारा सामान चुटकियों में बिक गया। अच्छा चलती हूँ फिर कभी मुलाकात होगी। हाथ हिलाकर देवीजी चल दीं और हमने भी अपनी राह ली।

बात आयी-गयी हो गयी। महीनों बीत गये। एक दिन हम बाज़ार से कुछ कपड़े ख़रीदकर लौट रहे थे और उस दिन अकेले ही थे अक्सर छोटे भाई को साथ लेकर जाते थे। तभी हमने देखा कि वही सेल्स गर्ल किसी भद्र पुरुष के साथ हँसती-बातें करती चली आ रही थी। हमने अपने स्वभावानुसार कन्नी काटी लेकिन उसने मुझे देख लिया और दूर से ही हाथ हिलाती हुई बोली—हैलो-हैलो मिस्टर! जरा ठहरियेगा। इशारा हमारी ही तरफ़ था, सो हम रुक गये। अपनी स्वाभाविक चाल से कुछ तेज़ चलकर वे दोनों मेरी तरफ़ आये। उसने मुझसे पूछा—कैसे हैं? हमने जवाब दिया ठीक है और फिर औपचारिक प्रश्न पूछा—आप कैसी हैं? उसने जवाब दिया—सो फाईन। उसके बाद वो उस भद्र पुरुष की ओर मुखातिब होती हुई बोली—मीट माई हस्बैंड तिलक। तिलक ये वही कविजी हैं जिनकी चर्चा मैंने तुमसे की थी। याद है? वो बोला—ओ यस। ग्लैड टू मीट यू। मेरी वाइफ़ आपकी बड़ी तारीफ़ करती है। आइये ना हमारे साथ घर चलते हैं। हमारा घर पास में ही है, चलिए एक-एक प्याली चाय हो जाये। संकोची स्वभाव के कारण हम मना न कर सके। पर ये बात हमारे मन में बार-बार उठ रही थी कि ये कैसे जानती है कि मैं कवि हूँ? या मेरे पड़ोसी मुझे कवि जी कहते हैं? मैंने उससे प्रश्न किया—आपको कैसे मालूम मैं कवि हूँ? तब उसने बताया कि आपके मोहल्ले के लोग आपकी बड़ी

तारीफ़ कर रहे थे। उस दिन आपने मेरी बोहनी क्या करवाई? मेरा सामान पलक झपकते ही बिक गया। मालूम है मैं आपको क्यों नहीं भूली? क्योंकि उस दिन से आजतक मुझे आप जैसा कोई भी शुभ ग्राहक नहीं मिला जिसका सामान लेना कि सारा सामान बिक जाना। मैं समझ गया कि मेरे मोहल्ले के सीधे-सरल लोगों ने जो मुझे आदर्श मानते हैं मेरी बड़ाई का (हाबड़ाब्रज) इनके सामने बना दिया होगा जो कि वे अक्सर मेरी पूछताछ करने वाले लोगों के सामने बना ही देते हैं। इसी तरह की औपचारिक बातचीत में रास्ता कट गया। हम एक कॉलोनी में आ चुके थे और टू रूम सेट के एक फ्लैट में दाखिल हो चुके थे। ड्राइंग रूम में मैं और मिस्टर तिलक बैठे और मिसेज तिलक यानि की मेरी पूर्व परिचित सेल्स गर्ल, किचेन में चाय-शाय बनाने चल दीं। उधर उनकी चाय बन रही थी और इधर हम लोग बातें कर रहे थे। कुछ देर बाद चाय आयी और चाय पीकर, कुछ सामान्य बातचीत करके मैंने उनसे विदा ली और अपने घर की ओर चल दिया। क़दम ज़मीन पर चल रहे थे और दिमाग हवा में। एक उधेड़ बुन हमारे मस्तिष्क में चल रही थी? मैं अपनी अति उदार और पूर्व भारतीय चिन्तन से युक्त विचारधारा पर चिन्तित था। बार-बार यही सोच रहा था कि सोचा था क्या? और हो गया क्या? मैं जिसे दीन-दुखी, परिस्थिति से बाध्य असहाय, संघर्षशील और आदर्श भारतीय नारी समझ रहा था? वह अत्यन्त आधुनिक, सम्पन्नता की ओर अग्रसर! एक वैलफेयर ऑफ़िसर की सुशिक्षित-पत्नी और अपने व्यवसाय में रत, एक मार्डन इण्डियन गर्ल थी। मिस्टर तिलक से बातचीत के दौरान ये पता चला कि वे एक सुप्रसिद्ध वूमैन लक्जरी मैटिरियल बनाने वाली फैक्ट्री में वैलफेयर ऑफ़िसर थे। उनका वेतन अच्छा खासा था, जिसमें एक बड़े परिवार का भी अच्छी तरह गुजारा हो सकता था। अपने अनुभव और पत्नी की महत्त्वाकांक्षा से ही उन्होंने एक नये उद्योगपति की पार्टनरशिप में लेडीज लक्जरी मैटीरियल का बिजनेस शुरू किया था और उनकी पत्नी इस बिजनेस का सेल एण्ड पब्लिसिटी डिपार्टमेंट देख रही थी। मुझे बार-बार अपनी सोच पर ग्लानि हो रही थी। इस दरमियान मैं घर पहुँच चुका था। अम्मा ने पूछा क्या बात है देर क्यों हो गयी? कोई मिल गया था क्या? हमनें कहा हाँ अम्मा—वही तुम्हारी क्रीम-पाउडर वाली सेल्स गर्ल मिली थी अम्मा ने बड़े करुण भाव से पूछा कैसी है बेचारी? हमने कहा अम्मा वो बेचारी नहीं हम बेचारे हैं? चाय ले आओ और साथ में कुछ खाने को भी, हम हाथ मुँह धोकर आते हैं।

जमघट

दीपावली बड़ी धूमधाम से मनाई गयी। सारी कॉलोनी के बच्चे देर रात तक इधर-उधर अपने-अपने पटाखे लेकर दौड़ते रहे। कोई फुलझड़ी छुड़ा रहा था, तो कोई साँप जला रहा था। किसी ने बम दगाया तो किसी ने राकेट छुड़ाया। और सुबह? रात गयी बात गयी जैसी बात नहीं थी। बच्चो के बीच दीपावली की चर्चा बड़ी गरम थी। और तो और बच्चो का एक दल मैदान में ऐसे पटाखे ढूँढ़ने में व्यस्त था जो बिना दगे रह गये थे। लेकिन ये सब ज़्यादा देर नहीं चल पाया। देखते-देखते आकाश पतंगों से रंग गया और बच्चो में पतंगो के प्रति आकर्षण पैदा हो गया। कालोनी के कुछ बड़े लड़के तो पतंगे और चरखियाँ लिये इधर-उधर छतों से, सड़क से पतंगे उड़ाने में लग गये। फिर छोटे बच्चे पीछे क्यो रहने लगे। आठ साल के अमन ने अपने ही बराबर के विपिन से कहा—बेटा मै तो जा रहा हूँ अपने दादा जी के पास और उनसे कहकर पतंग खरिदवाऊँगा और हाँ चरखी भी ले आऊँगा। बदले में विपिन ने कहा—मै भी अपने भईया के पास जा रहा हूँ। सुनील भईया भी मेरी बात नहीं टालते। मुझे बहुत मानते है। देखना मेरी पतंग ज़रूर ले आयेंगे। इन दोनों के अलावा कुछ छोटे बच्चो में भी जमघट का उत्साह था वो दूसरी तरह का उत्साह था। पाँच साल का दिनेश-रामू रिक्शावाले का रिक्शा ले उसे कालोनी में घूमाने में मगन था। और तो और उसके रिक्शे पर उसकी दो बहनें और रामू की एक लड़की भी बैठी थी। सभी बच्चियाँ थी। रामू की दिनेश के पापा से खूब छनती थी। आज उनका भी जमघट था। रामू के कुछ साथी सुबह से घर पर आ डटे थे। बोतल खुल चुकी थी और ताश की गड्डी निकल चुकी थी। बड़े मजे से शराब पी जा रही थी और जुआ खेला जा रहा था। वर्मा जी का डेढ़ साल का पप्पी कालोनी भर में दौड़ लगा रहा था। ढ़ेर से बच्चो को इकट्ठा देखकर उसका हौसला भी बुलन्द था। नया-नया चलना सीखा था उसने और अब तो दौड़ने भी लगा था, बेचारा कई बार दौड़ते-दौड़ते गिरा भी

पर रोया नहीं । हाँ, उसके कपड़े ज़रूर रोने लगे थे अर्थात गन्दे हो गये थे। बच्चो के एक ग्रुप की लीडर थी रोमा। उसके साथ लड़के कम और लड़कियाँ अधिक थी। वो भी अपनी हाँक रही थी। मेरे पापा कल दो सौ रुपये के पटाखे लाये थे, हाँ... कई छोटे-छोटे बच्चे उसे हैरानी से देख रहे थे, पर वे उसकी बातें सुनकर ख़ुश हो रहे थे। पार्क के किनारे दो बच्चे अलग ही दुनिया में खोये थे। छः साल का अमित बिजली के खम्भे पर एक रबर का टयूब लेकर लगातार, डिशूम-डिशूम कहते हुए झूठ-मूठ ही मारे जा रहा था और उसका साथी संजू आह! आह! हाय! हाय! किये जा रहा था। दोनों बड़ा अच्छा अभिनय कर रहे थे।

दोपहर हो चुकी थी बच्चों को खाने की फिकर नहीं थी। बड़ी मुश्किल से उनके माँ-बाप उन्हें घर में खींचकर ले गये थे और थोड़ा-बहुत कुछ खिला-पिला पाये थे। पर बच्चे तो आख़िर बच्चे देखते-देखते फिर पार्क में इकट्ठे। उन्हें धूप की क्या फिकर। जिसे हो, उसे हो। विपिन पतंग और माँझा लिये पार्क में दौड़-दौड़कर पतंग उड़ाता नज़र आया तो अमन उसके पास दौड़कर पहुँचा। विपिन ने अमन को देखकर कहा—देखा बेटा! मैं क्या कहता था? मेरे सुनील भईया मेरी बात कभी नहीं टालेगें। देखा! अमन थोड़ा चिढ़ा-और बोला देख लिया। कितनी पिद्दी-सी पतंग लाये हैं तुम्हारे भईया और ये जरा सा मंझा। मुझे देखना! अभी मेरे दादाजी कहीं गये है। जब लौटेंगे तब देखना! मै तुमसे बड़ी पतंग और ज़्यादा मंझा न लाया तो बात क्या? चलो-चलो बहुत देखे तुम्हारे जैसे हाँकने वाले, बेटा ले आओ तो जानूँ। विपिन के इस जवाब से अमन बिचारा दु:खी हो गया और मुँह गिराये घर की ओर चल दिया। घर आने पर मम्मी ने गुस्साते हुए पापा से कहा—देखो तो जरा अपने लाडले को? धूप में दौड़-दौड़ कर क्या सूरत बना ली है। अमन डर गया—कि अब पापा कान खीचेंगे। पर पापा ने उसे बड़े प्यार से बुलाया और पूछा—क्या बात है अमन? तुम सुबह से कहाँ हो बेटा? अमन बोला—जी खेल रहा था। पापा ने पूछा—और तुम्हारा होमवर्क? वो तो मै पहले ही कर चुका हूँ पापा और हाँ—आज मेरी पढ़ाई की छुट्टी है, दादा जी कहते है जमघट के दिन पढ़ना नहीं चाहिए। अच्छा, पापा मुस्काकर बोले। और दादा जी क्या कहते है? उन्होंने पूछा। अमन को बात बनती नज़र आयी, उसने कहा किताब—कापियों की पूजा करते हैं। तो तुमने की। पापा ने पूछा? जी वो तो मैने सबेरे ही कर ली। ठीक है, अब जाओ- पापा ने कहा। पर अमन खड़ा रहा। पापा उसे यूँ खड़ा देखकर बोले- क्या बात है? अमन धीरे-धीरे हिम्मत जुटाकर बोला—जी पतंग चाहिये पापा, सभी बच्चे उड़ा रहे है, मै भी उड़ाऊँगा देखिये ना, विपिन मुझे चिढ़ा रहा था। पापा कुछ बोलते इतने में मम्मी उस पर पिल

पड़ीं। क्या कहा? पतंग चाहिए? अभी कुछ दिनों पहले जो पतंग उड़ाते फिसलकर गिरे थे और चोट खाकर कई दिन बिस्तर पर पढ़े थे वो भूल गये? अमन की सिट्टी-पिट्टी गुम हो गयी, बात तो सही थी। पर अमन क्या करता? वो आगे बोलता, पर मम्मी ने डाँटते हुए कहा चुपचाप चलो अपने अपने कमरे में सो जाओ! नहीं तो बताये देती हूँ, आज त्योहार के दिन तुम्हारी पिटइया हो जायेगी। अब अमन क्या करता? डर के मारे रोनी सूरत बनाये अपने कमरे की ओर चल दिया और बिस्तर पर जाकर धम्म से गिर पड़ा, और राने लगाा। पर आवाज़ ऊँची नहीं की। वो जानता था? कि मम्मी को तेज़-तेज़ रोने से नफ़रत है और ज़्यादा पिटइया हो सकती है। रोते-रोते अमन सो गया और सपने में खो गया। ढ़ेरो पतंगो के बीच। उन सपनो में उसे न कोई रोकने वाला था और न टोकने वाला उसने खूब पतंगे कांटी और खूब तालियाँ बजा-बजाकर खुशी मनाई। कई घंटे बीत गये, उसे पता ही नहीं चला। उसे होश तब आया जब मम्मी ने पाँच बजे उसे उठाया। अमन उठो ! अमन- देखो शाम हो गयी। उठो बेटे—मम्मी की आवाज सुनकर वह उठा। तो देखा शाम हो आयी है और सूरज ढ़लने वाला है। उसे सोने से पहले की घटना याद आ गयी। वो बेचारा दुखी हो गया। उसका मन भारी हो गया, भर आया। पर क्या करता? डर भी कोई चीज होती है आखिर। मम्मी ने अपने अन्दाज में कहा—जाओ, जाकर हाथ-मुँह धो लो। अमन धीरे-से उठकर बाथरूम की ओर चल दिया। जब बाहर आया तो दादा जी ने उसे पुकारा अमन ! अमन बेटे तुम कहाँ हो? मेरे पास आओ? अमन उदास सा उनके पास पहुँचा और जाकर खरी आवाज में बोला, क्या है? दादा जी उसकी ओर देखकर मुस्कराये और बोले आओ चाय पीलो! ये टोस्ट भी खा लो। अमन उसी तरह बेरूखी से बोला मुझे नहीं पीनी आपकी चाय-वाय। नहीं खानी ब्रेड-श्रेड। अरे भई खा लो? दादा जी प्रेम से पुचकारते हुए बोले। नहीं खानी तो, नहीं खानी। मैने कह दिया न। अमन नाराज़ होता हुआ बोला। दादा जी फिर उसी तरह बोले, जल्दी- जल्दी खालो नहीं शाम ढ़ल जाएगी और रात में तुम कैसे पतंग उड़ाओगे? पतंग का नाम सुनकर अमन थोड़ा चौंका और ख़ुश भी हुआ। पर फिर असलियत जानने के लिए बोला—मम्मी पतंग उड़ाने देंगी तब न? अरे तेरी मम्मी तुझे डॉट सकती है लेकिन मुझ पर उनका हुकुम थोड़ी ही चल सकता है। उन्होंने आवाज लगाई—बहू! ओ बहू! मम्मी सामने आ गयी बोली—जी क्या बात है, पिताजी? ज़रा मेरे अमन की पतंग और डोर तो लाना। लेकिन... मम्मी आगे कुछ कहती, कि दादाजी ने फिर कहा—अरे लाओ भी। अमन की खुशी, का ठिकाना नहीं रहा। मम्मी पतंग और डोर का एक छोटा-सा गुल्ला लेकर आयी।

बकायदा पतंग के कन्ने-वन्ने बँधे थे। फिर क्या था। अमन की फुर्ती देखने लायक थी। उसने झपटकर पतंग और गुल्ला ले लिया, और दादाजी को एक प्यारी-सी पप्पी देकर थैंक्यू बोलकर, बाहर हो लिया। मम्मी कुछ कहती इससे पहले अमन नौ दो ग्यारह हो चुका था। सूरज डूब रहा था, आकाश तरह-तरह के पंक्षियों और तरह-तरह की पतंगो से रंगा हुआ था। देखते-देखते उसी आकाश में एक पतंग अमन की भी उड़ चुकी थी और वो विपिन से कह रहा था ! देख विपिन देख, मै कहता था न कि मेरे दादाजी—विपिन की पतंग अब तक फट चुकी थी और अब वो बार-बार अमन से उसकी पतंग उड़ाने को माँग रहा था। अमन के मम्मी-पापा, दादाजी उसे गेट पर खड़े होकर देख रहे थे और उसकी खुशी से बहुत ख़ुश थे। दादाजी मम्मी से कह रहे थे- तुम भी बहू! बच्चे आख़िर बच्चे होते है? और मम्मी भी उनकी हाँ में हाँ मिलाकर ख़ुश होकर, कह रहीं थी? जी, लेकिन—पर आगे कुछ न बोलकर चुप हो गयी और अमन की उड़ती पतंग देखकर मुस्कराने लगी।

पतंगबाज

मखनी मोहाल के टुर्री पतंगबाजी के एडीसन थे। उन्होंने पतंगबाजी में पेंच लड़ाने के कई नायाब तरीक़े इजाद किये थे। कुछ खिच्चम के कुछ ढिल्लम के और झोल में झटका देकर पतंग काटना सिर्फ उन्हें ही आता था। उनके इस दाँव की काट अभी विरोधी इजाद नहीं कर पाये थे।

टुर्री उस्ताद रज्जब के गण्डाबंध शिष्य थे उन्हें ठुनकी घराने के उस्ताद रज्जब ने बकायदा गण्डा बाँधा था, मिठाई खिलाई थी और टुर्री ने भी अपने उस्ताद के पैर छूकर उन्हें एक सिलोनी चरखी और सवा रुपये का झाव गुरुदक्षिणा में दिया था।

उस्ताद रज्जब ने उन्हें बदस्तूर छुड़इया देना, चरखी करना, तिकल्ला करना, चरखी दिखाना और पतंग लूटना सिखाया था। और टुर्री ने अपने गुरु द्वारा सिखाया गया प्रत्येक गुण बड़े अभ्यास करके सीखे थे। एक जमाना था जब उनका पूरा-पूरा दिन तिकल्ला करने और ठुनकी देने की कवायद में ही बीतता था। कभी-कभी तो उनकी अम्मा टुर्री के अभ्यास से खीझ जाती थी—"मुए क्या दिनभर हाथ हिलाता रहता है, पंजा नचाता रहता है।" पर अम्मा क्या समझती वो साधना? पतंगबाजी का उस्ताद बनने की साधना।

एक दिन छुड़इया की ट्रेनिंग में टुर्री कुछ ग़लती कर बैठे उस्ताद ने डाँट खिलाई और कोई तेजी से हँस दिया टुर्री ने हँसने वाले को देखा तो उनका दिल उस खिलखिलाहट में फँस गया। वो हँसने वाली उस्ताद रज्जब की इकलौती बिटिया रज्जो थी। फिर क्या था टुर्री उस्ताद के अन्तेवासी शिष्य हो गये किसी की मुस्कान उनकी ठुनकी की बायस हो गयी और हँसी पेंच काटने का सबब। घर से टुर्री का रिश्ता केवल सोने भर का रह गया, उनकी माँ इससे बड़ी दुखी थी। उन्हें बराबर ये भय सताता था कि किसी ने उनके एकलौते लाडले बेटे पर कोई जादू टोना कर दिया है। पर टुर्री उन चक्करों में फँसने वाले कहाँ थे। उनके दिमाग में तो दिनभर पतंगे ही

नाचा करती थी और कभी-कभी पतंगी आसमान में रज्जो का चेहरा उभर आता था जिसे देखकर वो अपनी धुन में और जी जान से रम जाया करते थे।

तीन बहनों के बाद बड़ी दुआ और मन्नतों से टुर्री की अम्मा ने उन्हें पाया था और वो किसी कीमत पर अपना बेटा खोना नहीं चाहती थी। जवान होता हुआ टुर्री और बूढ़ी होती हुई अम्मा। पर इन चीजों पर ध्यान देने की फुरसत टुर्री के पास कहाँ थी। अम्मा अक्सर टुर्री से अपने बुढ़ापे का रोना रोती और टुर्री सब कुछ समझ कर बातों को टाल देते। घर परिवार के झंझट में वो फँसना नहीं चाहते थे, आख़िर उन्हें पतंगबाज जो बनना था। हालाँकि मतलब भर का इतना वो आसानी से कमा लेते थे जिसमे घर परिवार बेहतरी से चल जाता था। पिता के जाने के बाद उन्हीं पर घर का सारा जिम्मा था, जिसे वो बड़ी बेहतरी से निभा रहे थे। परब-त्यौहार, बहनों का आना-जाना, नातेदारी, रिश्तेदारी सभी दायित्व अम्मा जो बखूबी निपटा देती थीं वो टुर्री की कमाई से ही होता था। साधना इतना तो अपने साधक को दे ही देती है—यदि वो बदमिजाज़, चरित्रहीन और नशेबाज न हो तो। और दुर्री एक अच्छे बेटे थे और महँगे पतंगबाज।

रज्जो टुर्री की प्रेरणा थी और टुर्री रज्जो के अरमान। लेकिन पतंगबाजी से बड़ा टुर्री किसी को नहीं मानते थे। अपने प्रेम को भी नहीं। तभी जब एक दिन रज्जो ने टुर्री से कहा था कि अपने गुरुजी से हमारा हाथ माँग लो। तो टुर्री हल्का सा मुस्कराकर टाल गये थे क्योंकि उन्होंने अपने उस्ताद से उनकी पतंगबाजी ही मांगी थी और अन्य किसी वस्तु को उनसे वो कैसे माँग सकते थे। ये बात वो अच्छी तरह जानते थे, कि गुणकार के पास सबसे कीमती तो उसके गुण का हुनर ही होता है और रज्जब उस्ताद ने उन्हें अपनी पतंगबाजी के सारे पैतरे ईमानदारी से सिखा दिए थे, सौंप दिये थे। अगर टुर्री रज्जब उस्ताद की उम्मीद थे तो रज्जो उनकी खुशी। और किसी की खुशी उससे कैसे माँगी जा सकती थी? वो भले खुशी-खुशी दे दे—सो अलग बात थी।

रमजान खत्म हो गयी और आज ईद थी। अलविदा के दिन ही खिच्चम घराने के उस्ताद तकी, उस्ताद रज्जब के घर पधारे थे—पच्चीस हजार की बदी हुई थी सिर्फ तीन पेंचो की। उस्ताद तकी ने भी टुर्री के बराबर का चेला तैयार किया था इदरीस। इदरीस खिच्चम घराने की शान था और किसी मामले में टुर्री से कमतर नहीं था। पेंचबाजी के लिए ईद का दिन तय हुआ था और आज ईद थी।

टुर्री दोपहर घर से निकल रहे थे तो अम्मा बोली बेटा थोड़ी देर और रूक जा? तुझे निहार लूँ। आज पता नहीं क्यूँ मन भारी है? रात से छाती में बाईं ओर दर्द है।

टुर्री बोले अम्मा आज जाने दे, रोक मत उस्ताद की इज़्ज़त और घराने का सबाब दाँव पर लगा है। जाने क्यूँ? अम्मा नाराज़ हो गयीं और बोली—ऐसा ना हो कि मै मर जाऊँ और तू पेंच ही लड़ाता रहे। टुर्री अम्मा को गले से लगाकर पीठ थपथपाते बोले अरे अम्मा तुम भी। कुछ नहीं होगा तुम्हें। हमे जाने दो—आशीष दो जीतने का। अम्मा उलाहने के सुर में बोली—चल भाग जल्दी! रज्जब का चेला। टुर्री ने अम्मा के पैर छुए और घर के बाहर निकल गये। कर्बला का बड़ा मैदान बाएँ-दाएँ जुटी टीमें। एक ओर ठुनकी घराने की तो दूसरी तरफ़ खिच्चम घराने की। दोनों ओर अपने-अपने उस्तादो के जयकारे के नारे और खिलाड़ियों की जयघोष-गरमजोशी का माहौल। दो पेंच हो चुके थे पहला टुर्री ने काटा था दूसरा अभी-अभी इदरीस ने काटा। खिच्चम घराने की जय-जयकार से आसमान गूँज उठा। टुर्री ने अपना नीला झाव, नापा-तौला, कन्ने चैक किये और पतंग पार की। आज हवा कुछ मंद थी और खिच्चम के दाँव के पाले की थी। उस्ताद तकी के खेमे में जीतने का माहौल बन गया था। इदरीस की जीत और टुर्री की हार की लहर बह रही थी। टुर्री का नीला झाव-इदरीस के लाल झाव से दो-दो हाथ करने को आसमान में तन रहा था और इदरीस का लाल झाव लहरा-लहरा कर उसे ललकार रहा था। उस्ताद रज्जब की आँखे टुर्री और उसकी पतंग पर थी लेकिन मन कही और था वो लगातार यही सोच रहे थे कि अगर मै ये दाँव हार गया तो रज्जो की शादी कम से कम छः महीने टल जाएगी। अपनी बहन के गाँव में वो रज्जो की बात पक्की कर आये थे। लड़का भोपाल में इंजीनियर था। दो महीने बाद वो रज्जो की शादी करने का मनसूबा बना चुके थे। आज का दाँव उन्होंने इसीलिए बदा था। पर ये बात उन्होंने किसी को बताई नहीं थी। लेकिन रज्जो कही से ये भाँप गयी थी और तभी उसने एक दिन टुर्री से उसका जिक्र किया था। रज्जब की आँखे आसमान में पतंगों पर लगी थी और दिमाग भविष्य में गोते लगा रहा था, तभी भुर्रे ने आकर उनके कान में कहा—उस्ताद टुर्री की अम्मा को दिल का दौरा पड़ा है। मोहल्ले वाले उसे डॉ. कलीम के अस्पताल ले गये है। अभी-अभी मेरा बेटा ये खबर लेकर आया है। उस्ताद रज्जब झटके से उठे और बोले—या मालिक अब तो तेरा ही सहारा है? और चल दिये। मैदान पतंगबाजों का था, हर तरफ़ हवा के झोके थे, कोई झोंका टुर्री की तरफ़ भी बह चला और उनसे उनकी माँ का हाल कह आया पलभर को टुर्री की डोर थमी और आँखो के सामने अम्मा का चेहरा लहराया। पतंग नीचे ढ़ाने लगी डोर तनी दुर्री ने तुरन्त अपना झाव सम्हाला फनफनाता-तनतनाता, नीला झाव।

उस्ताद रज्जब अस्पताल पहुँचे, दरवाजे पर बसीरन की अम्मा मिल गयी, बोली डॉ. कलीम आ गये है—भीतर गये है इमरजेंसी में, हालात ठीक नहीं लग रहे है। स्टाफ की दौड़-भाग जारी थी थोड़ी अफरा-तफरी थी, जितने लोग उतनी बाते थीं।

इधर इदरीस का लाल झाव नीचे का रास्ता चाहता था और टुर्री उसे रास्ता दे नहीं रहे थे—रसाकसी जारी थी। अचानक लाल झाव और नीचे घुसा फिर इदरीस ने उसे सीधा किया—लाल झाव नीचे नीला झाव ऊपर और इदरीस ने अपना खिच्चम का दाँव खेला, पतंग तेजी से सीधी होकर उठने लगी लाल झाव जीतने की ऐंठ लिए तन गया। ऊपर टुर्री का थोड़ी झोल लिए नीला झाव था। टुर्री ने इदरीस के मुकाबले अपना झोल में झटके वाला दाव लगाया—थोड़ी देर सन्नाटा रहा फिर अचानक आसमान में आवाज गूँज उठी उस्ताद रज्जब ज़िन्दाबाद, तकी उस्ताद हाय-हाय। टुर्री ने उड़ता हुआ झाव चरखी दिखाते घसीटे को सॉपा और भगे डॉ. कलीम के अस्पताल की तरफ।

टुर्री इमरजेंसी के सामने पहुँचे पूरा मोहल्ला वहीं जमा था। भीड़ अच्छी खासी थी, उन्हें कुछ और लगा एक कुर्सी पर बैठकर टुर्री ने अपना सिर पकड़ लिया और फफक पड़े। इमरजेंसी का दरवाजा खुला—डॉ. कलीम बाहर आये। रज्जब उस्ताद उनकी ओर बढ़े डॉ. बोले एंजाइना के दर्द का शक था पर खुदा का शुक्र है गैस का दर्द निकला। मैंने इंजेक्शन दे दिया है। घंटे-दो घंटे में डे केयर में शिफ्ट कर देंगे। सुन तो टुर्री ने भी लिया था पर आँसू उनके अब भी निकल रहे थे। अचानक उन्हें अपने कन्धे पर कुछ ऐहसास हुआ सिर उठाया तो देखा उस्ताद रज्जब थे। टुर्री का कन्धा दबाते हुए वो बोले परेशान मत हो बच्चे सब खैरियत है। टुर्री ने उनके हाथ पर अपना हाथ रखा और सिसक पड़े—फिर बाहर आ गये। इधर टुर्री अस्पताल के गेट पर पहुँचे सामने रिक्शे से रज्जो अपनी अम्मी के साथ पहुँची। टुर्री रिक्शे के पास पहुँचे, उन्हें उतारा और बोले बच गयी अम्मा। रज्जो ने पहली बार टुर्री की आँखो में आँसू देखे थे उसकी आँखों से भी आँसू बह चले। रज्जो की अम्मी ने दोनों को सम्हाला फिर रज्जो को लेकर भीतर चली गयी।

टुर्री घण्टे भर बाहर टहलते रहे, भीतर जानें की हिम्मत जुटाते रहे। क़रीब डेढ़ घंटे बाद अन्दर गये। उनकी अम्मा डे केयर के रूम में शिफ्ट हो गयी थी। वो डरते-डरते सिर झुकाये रूम के दरवाजे पर पहुँचे देखा, अम्मा-उस्ताद रज्जब, उनकी पत्नी और रज्जो से धीरे-धीरे कुछ-कुछ बातें कर रही है। उन्होंने टुर्री को देखा और पतली

सी आवाज में बोली आ गये पतंगबाज। उस्ताद रज्जब बोले, सिर्फ पतंगबाज नहीं बहन उस्ताद टुर्री पतंगबाज, हमारे ठुनकी घराने के नए उस्ताद और हमारे दामाद! अगर आपको ऐतराज न हो तो?

टुर्री की अम्मा बोली—हमे क्यो ऐतराज होने लगा भला? आप उस्ताद टुर्री पतंगबाज से पूछ लीजिए—इन्हे ऐतराज न हो। उस्ताद बोले मुझे मेरे शार्गिद पर पूरा यकीन है बहन- आप फिकर न करें। टुर्री क्या करते—अम्मा के गले से जा लगे—सभी हँस पड़े और रज्जो ने शर्म से अपना चेहरा दुपट्टे से ढ़क लिया।

हरा ज़ख्म

उसका कद लगभग छः फुट का था चेहरे पर रौब और दृढ़ता थी। देखने से ही वो अन्दर से बड़ा ही मज़बूत आदमी प्रतीत होता था पर अचानक एक अनहोनी उसके साथ घटी जिसने उसे झकझोर दिया। उसे बड़े निकट से मैंने देखा था उससे मेरा कोई परिचय नहीं था पर वह मेरे लिए अजनबी भी नहीं था। पहली बार उसे ढीला देखा था, आँखों में सूजन बरकरार थी पर मैंने उसे रोते हुए नहीं देखा, हाँ वो एकाध बार सिसका ज़रूर था। मरीज पत्नी को ऑपरेशन से लड़का हुआ था। तीन लड़कियों के बाद, वह भी कमजोर और बीमार। इलाज बराबर चलता रहा और उसकी आस का दीपक जलता रहा लेकिन इलाज के उस झूठे आश्वासन की पोल दूसरे दिन ही खुल गयी और उसका कुलदीपक सदा के लिए उसके जीवन में अँधेरा कर, दुखों की कालिमा में विलीन हो गया। आस की डोर टूट गयी और जीवन नईया की पतवार हाथ से छूट गयी, पर इसे भी उसने जल्दी ही सम्हाल लिया लेकिन पुत्र वियोग की पीड़ा दशरथ जैसी साफ़-साफ़ उसके चेहरे पर विद्यमान थी। अन्तर केवल इतना था दशरथ प्राण त्यागकर मुक्त हो गये और वह मुक्ति का कोई साधन नहीं ढूँढ़ सका। वैसे आत्मघात कर सकता था पर शायद कोई मजबूरी रही हो या वह ऐसी कायरता कर जीवन से पलायन करना नहीं चाहता हो।

मेरा डेरा उस अस्पताल से जल्दी ही उठ गया पर मैं उसे भूल नहीं सका। बात आयी गयी हो गयी, बरसों बीत गये देखते-देखते यह घटना बीस वर्ष पुरानी हो गयी। एक दिन अचानक एक विवाह समारोह में मैंने उसे देखा सामान्य से कुछ अधिक प्रसन्न। उसका साया बना, पूरी दिनचर्या जानी।

उसने एक चैरेटेबिल ट्रस्ट बनाया था 'फोर्थ चाइलड मैमोरेबिल ट्रस्ट' वह अपने शहर के बड़े सरकारी अस्पताल में अक्सर जाता लोगों के दर्द बाँटता दुखियों को हँसाता धन-जन-संसाधन से उनकी मदद करता और कभी किसी के समक्ष

कमजोर नहीं पड़ता। पर तनहाई में गुमसुम हो जाता, घंटों अँधेरे कमरे में बैठा रहता, दर्द भरे गाने सुनता। लोगों में यही चर्चा थी कि ऐसा उदार चरित्र बार-बार नहीं अवतरित होता। धरती के भाग्य से कभी-कभी अवतरित होता है। जिसे कोई दुख न हो? जो दूसरे के कष्टों को दूर करने में सदा रत रहे। ऐसा उदारचेता पृथ्वी का वरदान होता है। उसके इस रूप को पढ़ने की कोशिश की, तो बीस वर्ष पहले की वही सूजी आँखें, सजल नेत्र मेरे सम्मुख नाचने लगे और इसकी घोषणा करने लगे कि कुलदीपक के बुझने की चोट अब ज़ख़्म बन चुकी हैं और वह ज़ख़्म आज भी हरा है जिसके प्रताप से उसने बहुतेरी ज़िन्दगियों का सूनापन भरा है। गालिब याद आए! दर्द का हद से गुज़रना है दवा हो जाना।

आप कहेंगे ये भी कोई कहानी है, तो मैं एक कहानीकार की हैसियत से ये कहूँगा कि हर वो घटना एक कहानी होती है जिससे कोई ऐसा किरदार पैदा हो जो लोगों को कुछ बेहतर करने के लिए प्रेरित करे और आप उससे प्रभावित हुए बिना न रह सकें?

रिश्ता

मुझे याद है उन दिनों दीदी का जादू मुझ पर चढ़कर बोलता था। सच कहती हूँ तो मैं दीदी से बेपनाह मोहब्बत करती थी? इतना कि मैं बयान नहीं कर सकती। और आप से सच कहूँ अगर हमारे यहाँ दो लड़कियाँ अगर शादी करके सामाजिक जीवन जी सकती, समाज में रह सकती तो मैं ये भी कर बैठती। पर तब इतनी अक्ल भी नहीं थी न इतना साहस ही था। और ना आज का दौर।

मैं पैदा गाँव में ज़रूर हुई, पर होश सम्हाला तो सामने दीदी को ही पाया। गाँव में मेरी तमाम सखियाँ-सहेलियाँ बनीं पर दीदी मेरे लिए सबसे प्यारी और सबसे विशिष्ट रहीं। थी तो मुझसे तीन साल बड़ी पर मेरी सखी भी, बड़ी बहन भी और सच कहूँ? तो दिलबर भी। मैं दिनभर उन्हीं के साथ रहती। सुबह ही उनके पास पहुँच जाती फिर हम दिनभर तरह-तरह की बातें करते। रेडियो सुनते, टी.वी. देखते, साथ-साथ कॉमिक्स-उपन्यास भी पढ़ते। पर ऐसा तभी हो पाता जब मैं छुट्टियों में या माँ के साथ शहर पिताजी के पास आती। दीदी हमारे पड़ोस में रहती थीं। उनके पिता और हमारे पिता एक ही ऑफ़िस में काम करते थे। हमारे परिवारों में अच्छी बनती थी। मेरी माँ और दीदी की मम्मी अच्छी सहेलियाँ थीं। हम आपस में बड़े घुले-मिले थे उनकी कोई बात न हमसे छिपी थी न हमारी उनसे।

देखते-देखते दिन कैसे बीत गये पता ही नहीं चला। किसी ने सही कहा है कि समय के पंख होते हैं। मैं हाईस्कूल में आ गयी—दीदी ने इण्टर पास कर लिया। इस बीच एक छोटी-सी घटना याद आती है मैं नवीं पास करके पिताजी के पास आयी थी मेरी माँ भी मेरे साथ ही आयी थीं। मैं घर पहुँची तो बस-दीदी के घर पर धावा बोल दिया'! दीदी खूब ख़ुश हुईं। बोलीं अरे बिट्टो कब आयी? और मुझे गले से लगा लिया। फिर बोलीं—तुम्हारा हाईस्कूल का फार्म भरा दिया गया, मैं बोली अभी नहीं। पर क्यों दीदी? मैंने पूछा? दीदी बोलीं तुम अपना नाम बदलवा लो।

मैं बोली क्यूँ दीदी? वो बोली बड़ा अजीब लगता है तुम्हारा नाम मुझे-स्वर्णलता। अरे लता करा लो, सुनों फॉर्म में तुम लता भर देना फिर क्या था? मैंने घर आते ही हंगामा खड़ा कर दिया, सबकी नाक में दम कर दिया, अपने नाम परिवर्तन को लेकर, खूब रोने लगी? और अन्त में नाम बदलवा कर ही मानीं। क्यूँ न बदलवाती, आखिर! मेरी दीदी, मेरी गुरु ने मुझे सीख दी थी, मन्तर दिया था। हाईस्कूल पास हुई तो घरवाले शादी के लिए दौड़ने लगे। हमारे यहाँ शादी, वो भी लड़की की शादी की सभी माँ-बापों को जल्दी रहती है। क्यों न हो—वो लड़की को ज़िम्मेदारी से अधिक बोझा जो समझते हैं। मुझे ये बिल्कुल अच्छा नहीं लगता था। मैं तो कमर कसे बैठी थी कि ब्याह नहीं करूँगी तो नहीं करूँगी। पर इस बार मेरे घरवाले दीदी को पकड़ लाये। दीदी ने मुझे समझाया अरे ब्याह होते ही तुम ससुराल थोड़े चली जाओगी तीन साल बाद ही जाना होगा। तो क्यों परेशान हो? और जाने क्या-क्या समझाती रहीं दीदी-लड़की, समाज, पारिवारिक-प्रतिष्ठा जाने क्या-क्या। पर मेरी दीदी ने कह दिया था मेरे गुरु का हुकुम हो गया था सो मुझे तो राजी होना ही था। पर मैं भी कम खिलाड़ी नहीं थी दीदी को खींचकर अपने साथ गाँव ले गयी। क्या शादी हुई मेरी भी? मैं खूब खुशी-खुशी हर काम करवाती गयी, हर रस्म निभाती गयी—दीदी को देख-देख मुस्कुरा-मुस्कुरा कर। बारात बिदा हुई तो मेरी माँ रोने लगीं—और मैं जाकर दीदी से ये कह रही थी कि देखो अम्मा भी कितनी पगली है? रो रही हैं! अरे बारात ही तो बिदा हुई है। माँ का रोना मेरी समझ में तब आया जब मेरी बिदाई तीन साल बाद हुई। इस बीच दीदी की शादी की भी बड़ी जल्दी मची हुई थी, पर कहीं बात तय नहीं हो सकी। मैं जब ससुराल आ गयी तब कहीं सालभर बाद दीदी की शादी तय हुई। मैं ससुराल में सबको मनाकर दीदी की शादी में आयी। बड़ी धूम-धाम से शादी हुई? दीदी मुझे पकड़कर खूब रोईं! और तबसे आजतक हमारी भेंट नहीं हुई, तो नहीं हुई। इधर दीदी के देवर की शादी का कार्ड मिला पर मेरी ससुराल में कोई मर गया था इसलिए मेरा जाना नहीं हो सका। वैसे मैंने दीदी को ये बात चिट्ठी में लिख दी है। लेकिन फिर भी जी कचोटकर रह गया, अरे क्या हुआ? जो दीदी की ससुराल जाना पड़ता? चली जाती—अब देखो दीदी से मिलना कब हो पाता है। आज भी ऐसा कोई दिन नहीं जाता जब मैं उन्हें याद नहीं करती वो भी बराबर मेरी खोज खबर लेती रहती हैं। हमारा रिश्ता इस जीवन में तो टूटने से रहा! और अगर कोई अगला जनम हुआ भी तो मैं कम से कम अपनी दीदी को तो ढूँढ़ ही लूँगी।

खालिद का कुत्ता

गली के नुक्कड़ से बड़बड़ाते हुए जुम्मन मियाँ ने गली में प्रवेश किया—"ये खालिद का कुत्ता! ये एक दिन सारे मोहल्ले के लोगों को काट खायेगा और सबको चौदह-चौदह इंजेक्शन लगवाकर ही दम लेगा।" वो आगे भी बड़बड़ाते ही चले जाते लेकिन बीच में ही उन्हें लोटन महाराज ने टोक लगाई—अरे मियाँ जी का बात है? इस तरह क्या बड़बड़ाते हुए आ रहे हैं, ज़रा हम भी तो सुनें क्या बात हो गयी? मियाँ जुम्मन अपने उसी अन्दाज़ में चिड़चिड़ाते हुए बोले—अरे क्या बतायें महाराज! ये खालिद का कुत्ता तो हमारी नाक का नासूर हो गया है, जब देखता है तो दौड़ा लेता है। हम तो कई बार बच चुके हैं उससे, पर वो एक-न-एक दिन हमें भी ज़रूर दबोच लेगा। आपको पता है, वो कईयों को काट चुका है और अस्पताल भी पहुँचा चुका है। तिस पर से खालिद से शिकायत करो? तो जनाब यही फरमाते हैं कि ज़रूर आपने ही उसे छेड़ा होगा वरना हमारा टैंची तो किसी को भौंकता भी नहीं। लेकिन मियाँजी उनका कुत्ता तो भूटानी नस्ल का है, पिद्दी भर का तो है, उससे भी आप डर जाते हैं लोटन महाराज की इस बात पर, जुम्मन मियाँ तुनककर बोले—देखिये महाराज, मज़ाक़ मत उड़ाइये हमारा, हम बुज़दिल नहीं हैं। जानवर न होता तो दिखा देते उसे, अपने बाजुओं का ज़ोर। पर हम उसके मुँह लगना नहीं चाहते और ये कहते हुए वो घर की ओर बढ़ गये।

दूसरे दिन जब मियाँजी सुबह का नाश्ता लेने सरदार प्यारा सिंह की दुकान पर पहुँचे, तो उनके नौकर बहादुर ने उन्हें छेड़ते हुए कहा—मियाँजी कल क्या हुआ था? सुना है टैंची ने आपकी तहमद पकड़ ली थी। लेकिन इस बार मियाँजी बिगड़े नहीं—शायद सुबह का लिहाज कर गये। अपनी मजबूरी दिखाते हुए बोले—हँस ले-हँस ले बहादुर—अभी खून गर्म है न? जवान जो है? हमारी उम्र में आयेगा तो बच्चू पूछेंगे तुमसे? तेरा क्या है, आगे नाथ न पीछे पगहा। बेटा, मेरे पीछे तो एक फौज है, नहीं होती तो उस टैंची की पेंट न ढीली कर देता। तो फिर बात क्या थी? मेरा नाम

जो चाहे सो रख देते ये गली वाले। अच्छा दे छः अण्डे और एक बड़ी डबल रोटी! सामान देते हुए बहादुर बोला—मियाँजी एक पिक्चर का वादा करें तो मैं उस कुत्ते को भीगी बिल्ली बना दूँ। मियाँ जुम्मन बड़े ख़ुश हो गये और छाती फुलाकर बोले, ठीक है बेटे पिक्चर के साथ नाश्ते के पैसे भी दूँगा, पर तुम इस काम को अंजाम दे दो और उस कमबख़्त को ठीक कर दो? बहादुर बोला ठीक है आपका काम हुआ ही समझिये।

दोपहर के एक बजे थे सरदारजी खाना खाने अपने घर चले गये थे बहादुर ने भी दुकान का शटर गिराया और हाथ में एक केक लेकर खालिद के घर की ओर बढ़ गया। टैंची खालिद के लॉन में खुला घूम रहा था। लॉन उसके मालिक का था और वो अपने मालिक का सबसे अजीज था, इसलिए टैंची अपनी पूरी अकड़ में घूम रहा था। बहादुर ने दरवाजे पर रूककर इधर-उधर नज़र दौड़ाई, जेठ की दोपहर, पूरी तरह से शान्त और सुनसान थी। कहीं कोई नज़र नहीं आ रहा था। धीरे-से केक वाला हाथ आगे बढ़ाते हुए वो बोला—टैंची ले ले! टैंची ले ले! टैंची की नज़र उसके केक वाले हाथ की ओर गयी फिर क्या? बहादुर आगे-आगे और टैंची पीछे-पीछे। देखते-देखते बहादुर दुकान के पास पहुँच गया और धीरे-से शटर उठाकर अन्दर घुस गया। टैंची भी बहादुर के भीतर घुसते ही दुकान में घुस गया। फिर क्या था? बहादुर ने शटर गिराया और गेहूँ के बोरे पर चढ़ गया, और धीरे-से रेडियो का स्वीच ऑन किया और उसकी आवाज बढ़ा दी। दुकान में उजाला पहले से ही था। बहादुर ने केक फेंक दिया—टैंची उस पर झुका और खाने में जुट गया और इतने में बहादुर ने एक सींक झाड़ू उठा ली जो खासी मोटी थी, और उसे सामने की तरफ़ से पकड़कर उसने उल्टी ओर से (जिधर से झाड़ू पकड़ी जाती है।) टैंची पर झाड़ू बरसानी शुरू कर दी। टैंची की कूँ कूँ—रेडियो के तेज गाने—'आजा-आजा मैं हूँ प्यार तेरा, अल्ला-अल्ला इनकार तेरा' में दबकर रह गयी। एक-दो, तीन-दस तक की गिनती पहुँचने तक बहादुर के हाथ अपने आप ही रूक गये—टैंची चावल के बोरों के पीछे भागकर छिप गया था, फिर क्या था? बहादुर ने जैसे ही दुकान का शटर खोला। टैंची पूरा दम लगाकर भीतर से बाहर की ओर भागा और फिर से उसने खालिद मियाँ के घर का रास्ता लिया। कुछ दिनों बाद पता चला कि खालिद मियाँ का कुत्ता कहीं भाग गया। गली के लोग बड़े ख़ुश हुए और खालिद के घरवालों को भी चैन मिला और उन्होंने ये तय किया कि घर में अब कोई भी जानवर नहीं पाला जायेगा और कुत्ता तो कभी नहीं। जुम्मन मियाँ ने ख़ुश होकर बहादुर को पचास का नोट दिया तो मुस्कुराकर उसने जवाब दिया—अरे साब! आप भी! रखिये ये अपना नोट। मैंने कौन-सा तीर मारा है। एक टेढ़े कुत्ते को ही तो सीधा किया है—और मुस्कुरा कर रह गया।

बावन बिगहा पोदीना

किसी का ध्यान अपनी ओर खींचने के लिए बड़े लोगों के पास बड़ी-बड़ी चीजें होती हैं। किसी के पास धन होता है तो किसी के पास जन (अर्थात् ताक़त), किसी के पास ज्ञान होता है तो किसी के पास शानो-शौकत। इन सभी लोगों के आस-पास का प्रभामण्डल सहज ही हमारा ध्यान उनकी ओर खींच ले जाता है फिर इनसे प्रभावित होना स्वाभाविक होता है, किन्तु फिर भी ये प्रक्रिया कॉमन कही जा सकती हैं। इसी क्रम में यदि देखें तो किसी छोटे आदमी के पास उसकी सादगी, ईमानदारी, नेकदिली, मेहनत और स्वभाविकता के अतिरिक्त कुछ नहीं होता। न धन, न जन, न ज्ञान, न शानोशौकत लेकिन फिर भी ऐसे लोग अक्सर कहीं-न-कहीं हमें प्रभावित कर जाते हैं और तब उन पर तरस भी आता है और हँसी भी और साथ-साथ ईश्वर की इन रचनाओं पर उसे बार-बार दाद देने को जी चाहता है, वाह-वाह करने की इच्छा होती है।

एक छोटे से तीन कमरे के मकान के निर्माण में मेरे वहाँ क़रीब आधा दर्जन बार काम लगा। शायद मैं, हम नहीं थे इसलिए। वरना हमारे सामने की दो मंजिली कोठी हमारे देखते ही देखते कोई पाँच-छ: महीने में लगातार काम के बाद बनकर खड़ी हो गयी और पिताजी की कम आमदनी की खिल्ली उड़ाने लगी। इसी मकान के निर्माण के क्रम में बहुतेरे मजदूर हमारे सम्पर्क में आते गये, जो अपने सीधे-सादे, मेहनती-ईमानदार, मस्तमग्न, समयानुसार चलने वाले, कोई बड़ी माँग न करने वाले और अन्य बहुत से गुणों के कारण मुझे प्रभावित करते गये।

हमारा फैज़ू, मतलब हमारा मिस्त्री! इन्हीं में से एक था। पहले-पहले जब मकान की नींव भरवाने की बात उठी तो मेरे एक पड़ोसी ने अपने एक मिस्त्री, जिसे वो इलायची कहते थे, से मेरे पिताजी की बात करवाई। पर बाबूजी (हम अपने पिताजी को इसी नाम से बुलाते थे और अक्सर उन्हें बाजी कहते थे।) को वो आदमी

इलायची कुछ जँचा नहीं और वे उसकी जगह दूसरा मिस्त्री पकड़ लाये—ठेठ बिहारी। उसका नाम मुझे नहीं पता था मैंने उससे कभी पूछा ही नहीं, क्योंकि मुझे उसकी सूरत ही पसन्द नहीं आती थी। ऊँचे-ऊँचे दाँत थे उसके, हर दम बीड़ी पीता रहता था और टर्र-टर्र करता रहता था। जब मिस्त्री ऐसा था तो हमारी नींव और बाउण्ड्रीवाल पर क्या चार-चाँद लगने थे। ससुरा सत्यानाश कर गया इनका। पर अब क्या हो सकता था? जो हो गया सो हो गया? और हमने भी ये मानकर सब्र किया कि गीता में भगवान कृष्ण ने कहा है—जो हुआ अच्छा हुआ। इतनी कलाकारी के बाद वो अब हमारे बाजी की नज़र में चढ़ गया, बाजी उसे चिढ़ गये और उसका बचा-खुचा पैसा उसपर चढ़ाकर उन्होंने उसे रफा दफा कर दिया। और वो चलता बना। जिस मिस्त्री का जिक्र मैं कर रहा हूँ। वो हमारे मकान के सामने, एक पड़ोसी के घर उस समय काम कर रहा था। सामान्य बोलचाल से वो हमारे सम्पर्क में आया और फिर कई बार काम की पूछताछ के चक्कर में हमारे पुराने मकान पर भी गया। सो नये मकान पर (जिसमें हम अब रहते हैं) जब काम लगा तो अगली खेप का काम उसे ही सौंपा गया। इस आवाजाही के अतिरिक्त एक बात और थी कि मेरे बाजी को उसके हाथ की सफाई बड़ी पसन्द आयी थी। वो काम तो कुछ धीरे करता था पर करता था बड़े साफ-सुथरे और सलीके से। अब मिस्त्री जब हमारे निकट सम्पर्क में आया तो उसके कुछ अच्छे-बुरे गुण भी हमारे सामने प्रकट हुए। लेकिन इनमें भी उसमें खामियाँ एक-आधा ही थी। थोड़ा देरी से आना और धीरे काम करना! बाक़ी गुण ढेर सारे थे।

मिस्त्री देखने में पक्के पानी का था या यूँ कहूँ तो ज़्यादा बेहतर होगा—वो मुझे कभी सांवला और कभी काला नज़र आता था। सामान्य कदकाठी वाला, ठीक-ठाक नाकनक्श वाला, एक औसत पुरुष-सा। पहनता वो पैजामा-कमीज था और उसका नाम था फैज़ू। उसकी कलाइयाँ चौड़ी-चौड़ी थी, जिससे ये साफ़ जान पड़ता था कि उसके हाथों में बड़ी जान है। एक हाथ में (बायें में) हमेशा घड़ी पहने रहता था। अपनी शिक्षा-दीक्षा के बारे में वो ये ही बताता था कि थोड़ा-बहुत पढ़ा लिखा फिर गुरु, हाकिम को पकड़ा, ढाई साल उसकी सेवा में रहा और निकला तो मजदूर से मिस्त्री होकर। मजदूरों के ठेके पर वो बहुत कम रहा, प्रायः काम खोज-खोज कर करता रहा। उसके सद्गुणों के कारण जिसने उसे एक बार काम पर रखा उसने उसे औरों के भी काम दिलवाये। मालिक हो या न हो वो लगातार काम करता। उसकी एक कमी ज़रूर थी कि वह समय का पाबन्द नहीं था पर उसके

आने-जाने में कभी ये बात नहीं आयी कि मालिकान उससे नाखुश होते। सुबह अगर देर से आता तो शाम देर से ही जाता, अक्सर गर्मियों में सूरज छिपने के बाद। अपने काम से सम्बन्धित सारी चीजों की उसे विधिवत् जानकारी थी और साथ-साथ ये भी कि कौन-सी चीज कहाँ सस्ती और अच्छी मिलती है। हमें कोई भी ज़रूरी सामान खरीदना होता तो हम उसे अपने साथ अवश्य ले जाते। वो दुकानदारों से विधिवत् मोलभाव करके हमें सामान खरीदवाता। कभी-कभी तो ऐसा प्रतीत होता मानों वह अपने घर के लिए ही सामान खरीद रहा हो। बनतू लोगों से उसे खासी एलर्जी थी वो प्राय: कहा करता—'बाबूजी ऐसे लोगों में सभी के बावन बिगहा पोदीना होता है और किसी को पुदीना की चटनी नसीब नहीं होती। ऐसी होती है इनकी हैसियत।' और हाँ, उन लोगों के यहाँ उसने कई बार उनके कहने पर भी काम नहीं किया। मिस्त्री की एक आदत थी। वैसे लेबर वह अपने घर से ही किसी को लाता था भाई-बेटा या कोई रिश्तेदार और ऐसा नहीं कि वो उनसे काम नहीं लेता था—खूब मेहनत करवाता था। लेकिन अगर लेबर अड्डे पर जाता तो अक्सर चालीस साल से ऊपर वाला लेबर लाता और पूछने पर ये ही कहता कि 'बाबूजी जवान लोगों को तो सभी कोई पूछता है।' वैसे हमारा मिस्त्री भी पैंतालीस पार ही लगता था। जन्म के बारे में पूछने पर कहता कि बाबूजी हमें कुछ याद नहीं हमारा अब्बा भी नहीं जानता। काम वो ज़रूर कलकत्ता में पिछले तीस बरसों से जूट मिल में करता है पर इस मामले में एकदम बेकार हैं। हमउम्रों के प्रति कभी-कभी कुछ लोगों में सहानुभूति होती है—लेबरों को लाने में शायद उसकी यही मानसिकता रही हो।

मिस्त्री अपने परिवार के बारे में भी बहुत कुछ बताता। वैसे वो अपने भाई-बहनों में सबसे बड़ा था। भगवान की दया से उसके तीन बेटे ही थे। बेटी की शादी जैसा कोई बोझ उस पर नहीं था। मुझे वो एक अच्छा पिता, रोबीला पति, और कामयाब आदमी नज़र आता था। तभी तो मिस्त्री होकर भी उसने ज़मीन खरीद ली थी, मकान भी दो कमरे का बना लिया था। इसके साथ ही वो बड़ा धर्मपारायण था। दिन में चार बार नमाज पढ़ता, पूरे रोजे से रहता, दुखियों के दुख से दुखी होता भरसक उनकी मदद करता।

कुल ले देके वो एक नेक दिल इनसान और सच्चा मुसलमान था। ऐसा नहीं कि उसमें इनसानी कमजोरियाँ नहीं थीं—वो भी कभी-कभी चापलूस, स्वार्थी, मौक़ापरस्त हो जाता था पर ऐसा हमारे साथ शायद एकाध बार ही हुआ।

फैजू का एक जुमला जो अक्सर वो आजकल के बनतूँ नवधनाढ़यों पर कसता था भईया आजकल सबके बावन बिगहा पोदीना होता है और घर में पोदीना

की चटनी नसीब नहीं होती है। मुझे प्रत्यक्ष दिखाई देता है। लोगों की कोठियाँ हैं, कारें हैं, फैक्ट्रियाँ हैं अन्य बहुतेरी सम्पत्तियाँ है लेकिन प्राय: ये सारी कि सारी बैंकों के पास गिरवी हैं। वो बाहर से सम्पन्न दिखते तो हैं पर भीतर से खोखले हैं। इसीलिए उनका अकेलापन, कुण्ठा, संत्रास, भय, ऐक्जाइटी और विविध मानसिक रोग बढ़ते ही जा रहे है।

फैजू द्वारा बनाया गया हमारा घर और उसकी कही हुई बहुत सी बातें उसके वैयक्तिक और कार्यक्षेत्र में दक्ष होने का प्रत्यक्ष प्रमाण है। जिन्हें मैं प्राय: अनुभूत करता रहता हूँ और 'बावन बिगहे पुदीने' के खेतों वाले मालिकों को देखकर मुस्कराता हूँ और उसे याद कर लेता हूँ।।

'शुभचिन्तक'

क्या बात है रसिक? लगता है आजकल तुम्हारी व्यस्तता इतनी बढ़ गयी है कि तुम्हें मुझसे मिलने का भी समय नहीं मिलता। घर आये तो तुम्हें महीनों हो गये। पापा ने भी कई बार पूछा। पता है आज तुम्हारे ऑफ़िस में चार बार फोन मिलाया, तब जाके जनाब से बात हो पाई? क्या मैं पूछ सकती हूँ, ऐसा कौन-सा पहाड़ टूट पड़ा है जनाब के सिर पर। प्रिया ने अपना गुस्सा दिखाते हुए कहा। रसिक ने बड़ी शान्ति से उत्तर दिया—नहीं प्रिया ऐसा तो कोई काम नहीं आन पड़ा है पर आजकल वर्कलोड अधिक है। मैं सब जानती हूँ, तुम शुरू से ही ऐसे हो। तुम्हें पुरुष बनाकर भगवान ने बहुत बड़ी ग़लती की। तुम्हें तो स्त्री बनाना चाहिए था उसे। और तुम्हें पुरुष क्यों? रसिक ने झट से जवाब दिया, दोनों हँस पड़े। मैं भी कौन-सा रोना ले के बैठ गयी कुछ बातें करो न रसिक। देखो कितना सुन्दर माहौल है, शाम ढल चुकी है, आसमान पर तारे छाने लगे हैं, चाँदनी भी धीरे-धीरे फैल रही है और पार्क की रंग-बिरंगी बत्तियों के बीच पानी के ऊँचे-ऊँचे फुहारे कितने अच्छे लग रहे हैं, कितनी ताजगी है यहाँ पर। तुम क्यों बासी फूल बने बैठे हो! प्रिया के प्रकृति चित्रण और वस्तु वर्णन के पश्चात् रसिक ने अपना मौन भंग किया। क्या बातें करूँ प्रिया? कुछ समझ में नहीं आ रहा है? पापा से मिलने कब आ रहे हो? चने चबाती हुई प्रिया बोली। पर क्यूँ—रसिक ने पूछा? अरे भई अपनी शादी की बात पक्की करने। कमॉन रसिक जवाब दो, पर सीधा लैक्चर मत पिलाना। मैं बोर हो जाती हूँ। रसिक ने कुछ गम्भीर होते हुए उत्तर दिया—देखो प्रिया मैं तुमसे कई बार कह चुका हूँ कि मैं तुमसे शादी नहीं कर सकता? पर क्यूँ? तुम्हारी मम्मी को कोई ऐतराज नहीं है। मेरे पापा राजी हैं। मेरी भी सहमति है प्रिया बोली। रसिक ने कहा। पर मैं तैयार नहीं हूँ, और बोला देखो प्रिया हमारी परवरिश एकदम विपरीत वातावरणों में हुई है, मैं ग्रामीण परिवेश में पला-बढ़ा एक साधारण हैरियत वाला नवीन शहरी हूँ और तुम

सम्भ्रान्त परिवार की लाडली लड़की। हमारा मिलाप कैसे सम्भव है? मैं पूछती हूँ कैसे सम्भव नहीं है? प्रिया ने झल्लाते हुए कहा। रसिक बोला - देखो प्रिया मैं मानता हूँ कि प्रेम में बड़ी शक्ति होती है, पर कोरा प्रेम ही जीवन नहीं है। मैं तुम्हें वो कुछ भी नहीं दे सकता जिसकी तुम्हें ज़रूरत है और तुम्हारे पिताजी की दौलत लेकर उनका घरजमाई बनना मेरे स्वाभिमान के विपरीत है। ऐसी स्थिति में मैं तुमसे यही कहूँगा, कि हम दोस्त ही रहें तो ज़्यादा अच्छा रहेगा। माना मैं तुमसे प्रेम करता हूँ पर मैं प्रेम की परिणति विवाह में ही नहीं मानता हूँ। प्रेम शाश्वत होता है, और सारा जीवन बना रह सकता है, मैं ये भी मानता हूँ कि साहचर्य से उसमें चार-चाँद लग जाते हैं, पर इसमें भी सन्देह नहीं कि यही साहचर्य प्रेम की दुनिया में नफ़रत की आग लगा देता है। कल को मानलो हमारी शादी हो जाये, फिर बच्चे गृहस्थी, हाय-हाय, कच-कच ये सब कुछ कर सकोगी? मैं नहीं मानता। भावावेश में तुम इन्हें स्वीकार तो लोगी और कुछ दिन घर-गृहस्थी के सारे काम-काज कर भी लोगी, पर जिसके चार-चार नौकर हों, जिसने कभी एक तिनका न हिलाया हो, वह ये बोझा ज़्यादा दिन तक सह नहीं सकती और मैं तुम्हें ऐसी हालत में देख भी नहीं सकता क्योंकि मैं तुमसे प्रेम करता हूँ। ऐसा प्रेम कि सितारें तुम्हारे कदमों में ला दूँ, पर ये सब मेरे बस का नहीं। मुझे मेरे सपनों की दुनिया में ही रहने दो प्रिया—प्लीज। तुम्हारा इन्वीटेशन मैंने इसलिए स्वीकार कर लिया था कि तुम्हें ये बता सकूँ? मेरा ट्रांसफर हो गया है और बास की नाराज़गी ने मुझे यहाँ से हजारों मील दूर किसी नई ब्राँच में भेजन का फैसला लिया है। नौकरी मैं चाह कर भी छोड़ नहीं सकता और तुम्हें चाह कर भी पा नहीं सकता? मेरी मजबूरी जीत रही है, और मैं धीरे-धीरे हार रहा हूँ। प्रिया बोली—न जाने तुम्हें क्या होता जा रहा है, वैसे कॉलेज के दिनों से ही तुम मुझसे किनारा करते रहे हो, मैं न पीछे पड़ी होती तो कुछ न होता। कैसे मर्द हो? जरा भी हौसला नहीं कर सकते। बुजदिल हो बुजदिल। रसिक बोला कह सकती हो पर मेरी बेबसी तुम्हें आज नहीं, दस साल बाद, ज़रूर ये एहसास दिलायेगी कि रसिक कितना चाहता था मुझे। वह उठ गया—बोला चलो प्रिया देर हो गयी है। माँ इन्तज़ार कर रही होगी और फिर तुम्हारे करोड़पति पापा भी अपनी बिटिया के लिए बेचैन हो रहे होंगे। चलो चला जाये। प्रिया न चाहते हुए भी उठ खड़ी हुई और बोली क्या ये तुम्हारा आखिरी फैसला है। रसिक बोला—एकदम आखिरी, फुल एण्ड फाइनल। ये सुनकर प्रिया ने मुँह फेर लिया और रसिक भी दूसरी तरफ़ मुड़ गया। दोनों अपनी-अपनी राह चल दिये। प्रिया अपनी गाड़ी की ओर और रसिक बस स्टैण्ड की तरफ।

प्रिया ये चाहती थी कि रसिक को उसके घर अपनी कार से छोड़ दे पर अब कोई फायदा नहीं था। ऐसा कभी वो चाहते हुए भी कर न सकी थी। रसिक की खुद्दारी ने कभी उसे ऐसा करने ही नहीं दिया। आज रसिक ने जो कुछ कहा वह उसका यथार्थ था, क्योंकि वह करोड़पति बाप की लाडली को अरबपतियों जैसा सुख देना चाहता था जो उसकी साधारण हैसियत में सम्भव नहीं था। इसलिए उसने यही उचित समझा कि प्रिया को साफ़-साफ़ इनकार कर दे। वो रूठे तो रूठे। बुरा मानें तो मानें। नाराज़ हो तो हों! रसिक बेहद दुखी था शायद प्रिया से भी ज़्यादा। पर उसे ये सन्तोष था, कि उसका ये त्याग दो नहीं बल्कि कई ज़िन्दगियों को बचाने में सफल होगा। जो शायद प्रिया आज नहीं समझ पा रही थी। धीरे-धीरे बस स्टैण्ड की तरफ़ उसके क़दम बढ़ रहे थे और वो इन्हीं ख्यालों में खोया चला जा रहा था कि प्रिया आज नहीं तो कल ये ज़रूर समझेगी कि उसके रसिक ने ऐसा क्यूँ किया?

एक और भीष्म

बन्नी दीदी के जाने के बाद अमर अकेला रह गया था। ऐसा नहीं था कि उसके घर में कोई कमी रही हो, भरा-पूरा परिवार था—पापा-मम्मी, और एक छोटा भाई, लेकिन उसके साथ का कोई नहीं था। पापा सुबह दफ़्तर चले जाते तो लौटते रात में, मम्मी दिनभर घर के काम में लगी रहतीं और जो थोड़ा बहुत समय मिलता तो उसे छोटू को सजाने-सँवारने में बिता देतीं। सब तो अपने-अपने काम में लगे रहते और ले दे के बच जाता अमर, बिना किसी साथी के अकेला एकदम अकेला। उसे इन्तज़ार था तो केवल छुट्टियों के समाप्त होने का। कॉलेज में उसका एडमिशन भी हो गया था और फिर छुट्टियों के बाद वरूण भी वापस आ जाता। लेकिन अभी छुट्टियाँ लगभग सप्ताह भर और थी। बड़े धैर्य से अमर ने बोरियत भरा एक सप्ताह और काटा और अन्त में वह दिन भी आ गया जब वरूण के साथ अमर पहली दफा कॉलेज गया। यद्यपि अमर और वरूण के विषय एक नहीं थे फिर भी वे दिनभर साथ रहे और पूरा दिन सन्तोषजनक रहा। अमर की उदासी कुछ कम हुई जिससे उसकी मम्मी को बड़ा सन्तोष मिला।

देखते ही देखते एक महीना बीत गया और कॉलेज की रंगीनियों में उसका पता भी नहीं चला। पहली बार लड़कियों के साथ रहकर पढ़ना अमर को अजीब-सा लग रहा था लेकिन फिर भी पढ़ाई का मजा आ रहा था। इन दिनों अमर को वरूण से बड़ी शिकायतें हो गयी थीं, उसे अमर के लिये समय ही नहीं मिलता था, नये-नये दोस्त बनाने में वह बड़ा व्यस्त हो गया था। अमर मौके की तलाश में रहने लगा था कि कब वरूण अकेला मिले और वह उसकी खिंचईया करे। लेकिन एक बात और थी अमर वरूण के दोस्तों को देखकर मन ही मन सोचता रहता था कि मुझे भी कुछ नये दोस्त बनाने चाहिये, जिनमें लड़के-लड़कियाँ दोनों शामिल हों।

अपने क्लास के लड़कों के छिछोरेपन को देखते हुए अमर ने लड़कों से दोस्ती करने का ख्याल तो छोड़ दिया था, फिर भी मयंक से उसकी अच्छी जान-पहचान हो गयी, क्योंकि मयंक भी अमर की भाँति धीर-गम्भीर और जिज्ञासु छात्र था। शेष छात्रों में कोई भी अमर को उसकी मित्रता के योग्य नहीं दिखा और क्लास की लड़कियाँ—उनका हाल मत पूछिये? उन्हें तो अपने फैशन और गप्पों से फुर्सत नहीं थी। पढ़ाई से तो उन्होंने एडमिशन के बाद से ही हाथ जोड़ लिये थे। एक तो लेक्चर अटैण्ड नहीं करती और अगर करती भी तो पूरे पीरियड अपनी-अपनी राम कहानी गाती रहती। सर की कोई नहीं सुनता था। उनकी इस हरकत से कभी-कभी अमर को बड़ा गुस्सा आता था। उसका बस चलता तो वह उन्हें कभी क्लास में आने नहीं देता। अमर मयंक से प्राय: यही कहता—'राम जाने इनमें से कितनी पास होंगी।' तब मयंक का यह उत्तर उसे बड़ा अटपटा-सा लगता—'सब पास हो जायेंगी बच्चू! ये स्कूल नहीं कॉलेज है। किसी न किसी नेता से इम्पोरटेंट तो पा ही जायेंगी और फिर गैस-पेपर भी तो है, सौ में तैंतीस नम्बर तो सभी पा जायेंगी। अपनी डिवीजन और पोजीशन की चिन्ता करो।' अमर बुरा-सा मुँह बनाकर यही कहता—देखा जायेगा कि तुम्हारी बातें कहाँ तक सच होंगी?

दीपावली की छुट्टियों के बाद जब कॉलेज फिर खुला तो हिस्ट्री की क्लास में अमर ने एक नया चेहरा देखा—इस चेहरे ने उसे अपनी ओर आकर्षित किया। ये नया चेहरा था—ज्योति का, जो अभी-अभी हाल ही में जयपुर से आयी थी। उसका सर से बार-बार प्रश्न पूछना इस तथ्य की पुष्टि कर रहा था कि वह पढ़ाई के प्रति जागरूक है और उसमें जिज्ञासा है जो उसे अन्य छात्राओं से पृथक करती थी। इतने दिनों के बाद अमर को कोई ऐसी लड़की दिखी थी, जिससे दोस्ती करने की सलाह उसका अन्तर्मन भी उसे दे रहा था। अपने नाम के अनुसार ही ज्योति देखने में भी थी। एकदम दमकती हुई। उसमें विद्या और सौन्दर्य का एक अनुपम समिश्रण था, जिसने उसे पूरे कॉलेज में चर्चित कर दिया था। भाग्यवश अमर और ज्योति के विषय भी मिलते-जुलते थे। पढ़ाई में रुचि होने के कारण और जिज्ञासु प्रवृत्ति की समता ने अमर और ज्योति को एक-दूसरे की जान-पहचान तक पहुँचा दिया। लेकिन अमर इस जान-पहचान से कहीं आगे पहुँच चुका था। वह अपना बहुत कुछ ज्योति को मन-ही-मन सौंप चुका था—उसे ज्योति से प्रेम हो गया था। अमर अपने मन की बात तो जानता था लेकिन वह इस विषय में ज्योति की अन्तर्भावनाओं से अपरिचित था। यद्यपि उसे ज्योति से बात करने के कई अवसर मिले लेकिन वह उससे अपनी अन्तर्व्यथा नहीं बता सका? शायद साहस नहीं कर पाया या फिर इस

ओर ज्योति का कोई रूझान न देखकर उसने प्रेम-प्रसंग की चर्चा करना उचित नहीं समझा। इसी बीच अमर और ज्योति के मध्य एक छोटा-सा विवाद हो गया, जिसने एक बड़े झगड़े का रूप ले लिया। लेकिन इस विषय में उन दोनों के अतिरिक्त किसी और को कोई जानकारी नहीं हुई। हुआ यूँ कि ज्योति ने एक दिन बात ही बात में अमर से कहा कि मुझे हिन्दी का 'अन्सॉल्ड पेपर' नहीं मिल रहा है। अमर ने उससे कहा कि—मैं उसे ढूँढ़ने की कोशिश करूँगा और मिल जायेगा तो ले लूँगा। उस दिन कॉलेज से लौटते समय अमर ने एक बुक स्टाल पर पूछताछ की, संयोग से उसके पास हिन्दी का अन्सॉल्ड पेपर था अतः अमर ने उससे वो 'अन्सॉल्ड पेपर' खरीद लिया। दूसरे दिन कॉलेज में उसने वह पेपर ज्योति को दे दिया। उसे देखकर ज्योति कुछ प्रसन्न हुई जिसमें आश्चर्य का मिश्रण था। ज्योति ने उससे पूछा कि कितने पैसे का है? अमर ने बताया—पाँच रुपये। ज्योति ने तुरन्त उसे पाँच का नोट दे दिया। अमर वह पैसा ले नहीं रहा था लेकिन ज्योति ने जबरदस्ती उसे पैसा लेने पर विवश कर दिया। अपनी मनोभावना के विपरीत पैसा लेकर अमर प्रसन्न नहीं था, उसके मन में एक उदासी छायी थी। घर आने पर मम्मी ने पूछा—तो कुछ खासबात नहीं है कहकर उसने टाल दिया। रात के खाने के बाद अमर सोचता रहा कि मुझे वो पैसे नहीं लेने चाहिये थे, आज तक मैंने न जाने कितने रुपये अपने यार-दोस्तों पर खर्च कर दिये और आज अपनी प्रेयसी के एक छोटे से काम की कीमत ले ली, धिक्कार है मुझपर। फिर अमर ने निश्चय किया कि कल ज्योति को यह पैसा लौटा दूँगा अंजाम चाहे जो हो? ये निर्णय करके अमर सो गया और दूसरे दिन जल्दी ही कॉलेज चला आया। संयोग से कुछ देर बाद उसे ज्योति दिखाई दी, तो वह उसके पास गया और बोला—ज्योति तुम्हारे ये पाँच रुपये मेरे दिल पर एक भारी बोझ की तरह बैठ गये हैं, जिन्हें मैं अधिक देर तक नहीं झेल सकता। मैं तुम्हें अपना सबसे अच्छा और प्यारा दोस्त मानता हूँ और दोस्तों में छोटे-मोटे काम की कीमत नहीं ली जाती। यारों ने तो यारी में जानें दे दी है। ये बातें मेरे मन में बार-बार आ रही है और मैं इन्हें अनदेखा नहीं कर सकता। यदि तुम मुझे अपना दोस्त समझती हो तो ये पैसे ले लो। अमर की बात सुनकर ज्योति ने कुछ आना-कानी की लेकिन बाद में उसने पैसे ले लिये क्योंकि अमर ने उससे कहा कि यदि वह जरा भी उसका (अमर का) सम्मान करती है तो पैसे लेकर उसे आत्मग्लानि से बचा ले। उस दिन कुछ और नहीं हुआ? लेकिन तीसरे दिन बात कुछ बिगड़ गयी। अमर ने ज्योति से जब विश किया तो ज्योति ने अपरिचित बनते हुए उससे कहा—देखिये आप मुझसे बात न किया करें? हम लोग तो वैसे ही किसी से बाते नहीं करते हैं और आपकी रोज-रोज विश

पर हमें असहज तानों का सामना करना पड़ता है। इस बात ने अमर को झकझोर दिया और उसने भावुक होकर कहा—ज्योति यदि तुम्हें मेरे कारण ताने सुनने पड़ते हैं, तो मैं तुम्हें वचन देता हूँ कि आज से मैं तुमसे बात नहीं करूँगा। तुम्हारे क़रीब भी नहीं आऊँगा। अच्छा चलता हूँ—आज तक का सारा कहा सुना माफ़ करना। तुमने अच्छा किया जो मेरे ख्वाबों का महल बीच में ही गिरा दिया। इतना कहकर अमर सीधे घर चला आया, उस दिन उसने और कोई लैक्चर नहीं अटैण्ड किया।

इस कहा-सुनी के बाद अमर का मन दुखी रहने लगा? कभी उसे अपने किये पर गर्व होता तो कभी पश्चाताप। उसके अन्तर्मन में एक द्वन्द्व छिड़ गया कि ज्योति उसे क्या समझती है अच्छा या बेहूदा? सहसा उसे याद आये महाभारत के भीष्म और उसने तय किया कि अब वह ज्योति से खुद पहले बात नहीं करेगा ज्योति को ही पहल करनी पड़ेगी। भीष्म को अपना आदर्श बनाकर अमर अपने हृदय की भावनाओं को कुचलने लगा लेकिन फिर भी वह अपने मन से ज्योति को नहीं हटा सका। हृदय और मस्तिष्क के अन्तर्द्वन्द्व के परिणामस्वरूप अमर विक्षिप्त रहने लगा? जिससे उसके माँ-बाप चिन्तित हो गये। मम्मी के लाख पूछने पर भी उसने उन्हें कुछ नहीं बताया और बताता भी तो कैसे? उसमें बीती बातें बताने का साहस भी नहीं रहा था। आख़िर विवश होकर अमर की मम्मी ने वरुण को बुलाया और उसे अमर की हालत बताते हुए कहा कि, वो उस बात का पता लगाये जिसे लेकर इधर कुछ दिनों से अमर बेचैन है। कहा कुछ जाता है तो करता कुछ है। दिन रात न जाने क्या सोचता रहता है?

वरूण अमर के कमरे में गया और उसे गले लगा लिया। एकाएक वरूण को देखकर अमर को हैरानी हुई और उसने वरूण से कहा—आज गरीब की याद कैसे आ गयी? जो मेरे गरीबखाने की तरफ़ जनाब के क़दम खुद-ब-खुद चले आये हैं। वरूण ने अमर से कहा—आज तुम मुझे जो चाहे कह लो लेकिन मुझे वो बात बता दो जिसे लेकर तुम तो परेशान हो ही साथ में घर भर भी दुखी है। अमर ने वरूण से कहा—कुछ खास नहीं है? अपनी सुनाओ। वरूण ने अमर से कहा—मुझे चराने की कोशिश मत करो, मैं बहुत दिनों से तुम्हारे साथ हूँ, तुम्हारी नस-नस जानता हूँ। सच-सच बता दो, नहीं तो मैं आंटी को ज्योति के बारे में बता दूँगा। सबको डॉज दे रहे हो बच्चू और मुझसे भी छिपा रहे हो। बोलो तुम दोनों में क्या खटपट हुई है। आजकल दोनों अलग-अलग दिख रहे हो। दोनों तरफ़ है आग बराबर लगी हुई। अमर ने कहा कुछ खास बात नहीं है, तुम अपनी सुनाओ। कहाँ तक पहुँची तुम्हारी

और नये-नये दोस्तों की दोस्ती। इस बार वरूण ने भरे हुए गले से कहा—देखो अमर मैं तुम्हें कल भी अपना सबसे अच्छा दोस्त मानता था और आज भी तुमपर जान दे सकता हूँ। तुम बताओ तो क्या बात हुई? मैं उस ज्योति को भी देख लूँगा। अभी इतनी दम है मुझमें। तुम्हें हमारी दोस्ती की कसम है, अमर सच-सच बता दो क्या हुआ है, तुम दोनों के बीच। वरूण के मित्र वात्सल्य ने अमर को सच्चाई बताने पर विवश कर दिया। अमर ने आरम्भ से अन्त तक की सारी बातें उसे बता दी और बोला, बोलो वरूण मेरा क्या दोष है? क्या मुझे इतना भी अधिकार नहीं, कि उसपर पाँच रुपये भी खर्च कर सकूँ।

सारी बातें सुनकर वरूण ने कहा—तुम अक्लवालों की यही सबसे बड़ी कमी है कि प्रेम में भी स्वाभिमान और आदर्शों का परित्याग नहीं करते हो। अपने अहम् के आगे एक-दूसरे की भावनाओं को भी कुचलने से नहीं हिचकते। और तुम्हारे प्रेम में इस भीष्म ने कहाँ से अपना दाखिला ले लिया जो तुम भीष्म प्रतिज्ञा की बात कह रहे हो। अरे भीष्म ने अपने पितृमोह में प्रतिज्ञा की थी। वे प्रेमपार्श्व में कभी अपनी प्रतिज्ञा से पूर्व बँधे ही नहीं थे, अन्यथा वे ऐसी प्रतिज्ञा कभी नहीं करते और करते भी तो उसे तोड़ देते। विदुर से भीष्म ने यह बात बाद में स्वीकारी भी है कि "किसी को, कभी-भी अपने आप को प्रतिज्ञा के, बँधन में नहीं जकड़ना चाहिये अन्यथा उसे मेरे जैसे दिन देखने पड़ेंगे।" अपने सामने अपने ही हाथों से बनाया हुआ सुन्दर सलोना घर, आपदाओं और विपदाओं के हाथ मत सौंपों अमर। तुम दोनों, दो जिस्म एक जान हो। प्रेम का जनक ईश्वर है, फिर प्रेम और युद्ध में सफलता के लिए दुनिया की किसी भी नीति से काम लेना पड़े तो लेना चाहिये उससे हिचकिचाना नहीं चाहिये।

जाओ! ज्योति से अपनी मनोभावनायें कह डालो। वो स्त्री है—प्रेम और त्याग का भण्डार। यदि तुम्हारी प्रीत सच्ची है—तुम्हारी तड़प में कोई बनावटी पन नहीं है तो वह अवश्य तुम्हें स्वीकार कर लेगी। तुम मेरी बात मान लो, वो भी मुझे इन दिनों कुछ सहज नहीं लग रही है। इसी में हम सबकी भलाई है। क्योंकि तुम ज्योति को खोना नहीं चाहते और हम तुम्हें। इस महाभारत के भीष्म को महाभारत और इतिहास के पन्नों की शोभा बढ़ाने के लिये छोड़कर अपने भविष्य को सजाने सँवारने का यह सुवर्णिम अवसर मत खोओ। इसी में तुम्हारे प्रेम का हित और उसका भविष्य सुरक्षित है। द्वापरयुगीन महाराजा शान्तनु के पुत्र भीष्म को उनके स्थान पर बने रहने दो, तुम अपनी प्रतिज्ञा का एक नया इतिास मत रचो और मत बनो 'एक और भीष्म'। जिसका अन्त शर-शैया पर हुआ। जाओ मित्र-जाओ।

सहसा अमर उठ खड़ा हुआ और वरूण से बोला धन्यवाद मित्र, मुझे सही राह दिखाने के लिए।

वरूण ने पूछा ये अचानक तुम उठ क्यों गये?

अमर बोला- ज्योति के पास जाने के लिए ! नहीं बनना मुझे एक और भीष्म।

नवाबज़ादे

'मन्नर साइकिल वर्क्स' ये तख़्ती अब सड़ने-सी लगी थी और उस पर ऊबड़-खाबड़ तरीक़े से, अजब स्टाइल में हस्तलिखित ये नाम नज़र नहीं आता था—पर मुझे याद था। पंचर साइकिल को मैंने उसकी गुमटी के सामने रोका मन्नर के नौकर निरंजन ने मुझे देखकर खीसे निकाल दी और बड़ी अदा से बोला—नमस्कार! मैं क्या करता? ग़ुस्सा तो लगी पर जवाब दिया—अभद्रता कैसे करता! मैंने कहा मन्नर कहाँ हैं—उसने जवाब दिया—टट्टी गये हैं। पेट खराब है। बोलो क्या गड़बड़ है? वो एक साइकिल का पिछला पहिया खोलते हुए बोला। मैंने कहा पंचर हो गयी है। उसने कहा लिटा दीजिये, बन जायेगा। मुझे फिर गुस्सा लगी—साला, है नौकर, पर हुक्म मुझ पर चला रहा है। पर मजबूरी थी, साइकिल लिटा दी। तभी सामने सड़क के उस पार नज़र पड़ी—देखा मन्नर टीन का मोबिल आयल वाला डिब्बा लिये चला आ रहा है। मुझे देखते हुए वो मुस्कुराया—कहिये भइया जी क्या हुआ, फिर कुछ गड़बड़ हो गयी? अभी परसों तो मैंने पिछला हब ठीक किया था। खैर बोलिए—ठीक हो जायेगा। क्या गड़बड़ी है? मैं चुप रहा। ये मन्नर की पुरानी और बड़ी बुरी आदत है—वो बोलने का मौक़ा नहीं देता। पास की गीली ज़मीन से मिट्टी खोदकर उसने अपना हाथ उसी मिट्टी से मला और पंचर बनाने वाले तसले में अपना मैला हाथ धो लिया और फिर जाँघिये में पोछ लिया। मैंने ये देखकर भी अनदेखा किया—हालाँकि मुझे बहुत बुरा लगा, इतना कि साइकिल उठाऊँ और चल दूँ, इस गन्दे आदमी की दुकान से। पर क्या करता? मन्नर ने मेरी सोच भंग की और बोला तो पंचर हो गयी साली। आज की साइकिले भी? इतने में निरंजन वो पहली वाली साइकिल छोड़कर मेरी साइकिल में जुट गया था। मुझे याद है, दो दिन पहले मैंने निरंजन को पान खिलाया था। हो सकता है इसीलिए वो मेरे काम में जल्दी कर रहा था। तभी मन्नर ने टाइम पूछा—भइया क्या बज रहा है? मैंने घड़ी देखकर

बताया—दो। उसने जवाब दिया—कल रात से ही तबियत कुछ ढीली है। रात में कई बार लैटरिंग गया, सुबह तो भइया उठा ही नहीं जा रहा था, पर मैंने सोचा हिंया घर में बैठे-बैठे क्या करेंगे? दुकान ही खोलते हैं। दो चार आने तो बन ही जायेंगे। लेकिन तबियत दुरूस्त नहीं है दोस्त। सुबह से चउथी बार है, पर हमने भी साली दवाई नहीं खायी। कउन खाये। मैंने बीच में टोका, अरे कुछ सेहत का ख्याल रखा करो, जान है तो जहान है। वो बोला तभी तो भइया सुबह से दो समोसा और तीन चाय पी चुके हैं। क्यों बे निरंजन, तीन ही चाय तो पी है हम लोगों ने। निरंजन ने फिर खीसे काढ़ी और बोला तीन नहीं चार। मेरा तो तन बदन जल गया। पर मैं क्या करता। इतने में बुद्धिराम चपरासी आ गया—वो बोला? अमा अबतक गाड़ी ठीक नहीं की। मन्नर बोला—अरे ठीक तो कर रहे हैं सुबह से। तुम्हारी साइकिल पर ही तो काम चल रहा है क्यों बे निरंजन। निरंजन ने फिर खीस काढ़कर मन्नर का समर्थन किया। पर इस बार मैंने उसकी तरफ़ नहीं देखा। मन्नर मेरी साइकिल का पहिया नचा-नचाकर टायर उतार रहा था और निरंजन पंप लिये तैयार था, कि कब ट्यूब निकले और वो हवा भरे, और बुद्धिराम वो तो फुका जा रहा था क्योंकि उसकी साइकिल अभी भी पूर्वावस्था में खड़ी थी। देख लिया, सुबह दस बजे खड़ी करके गया था, दो बार लौट चुका हूँ, पर अभी तक मेरे टायर-ट्यूब नहीं बदले इसने। नये टायर और ट्यूब कब से रखे हैं जैसे के तैसे। बुद्धिराम बड़बड़ा रहा था। पर मन्नर कहाँ सुन रहा था। वो तो मेरी तरफ़ मुखातिब होकर कह रहा था—लम्बी कचक लगी है, दो जगह पंचर हुआ है। अबे निरंजन ट्यूब ला, निरंजन ने उसे फटा हुआ ट्यूब दिया, मन्नर ट्यूब से दो छोटे टुकड़े काटकर उन पर रेगमार घिसने लगा। बुद्धिराम फिर शुरू हुआ—इस बार मन्नर ने मोर्चा लिया। क्या सिर खा रहे हो यार? अमा थोड़ा काम है तुम्हारा? लम्बा काम है। इत्मिनान से होगा जल्दी न मचाओ। उसे मेरे काम में जुटा देखकर बुद्धिराम फुँका जा रहा था और आग उगल रहा था। अब तुम्हारे यहाँ काम कराने लायक नहीं है। मैं तो साइकिल भी नहीं ले जा सकता—अगला पहिया खोल दिया है। बस आज आखिरी मर्तबा है। आगे से जो आया तुम्हारी दुकान पर। इस बार मन्नर को चुप देखकर हैरानी हुई। वो निरंजन से बोला—अबे इनके नये ट्यूब जरा चेक कर—निरंजन बुद्धिराम का ट्यूब चेक करने का जतन करने लगा और मन्नर मेरा पंचर जोड़कर टायर चढ़ाने लगा। तभी निरंजन बोला इनके एक ट्यूब में पंचर है। बुद्धिराम पान खाये पचपचाते मुँह से बोला—हो ही नहीं सकता। इस बार मन्नर चीखा—दीदे फूट गये हैं क्या, दिखता नहीं है तुमको सुबह

से हमारी खोपड़ी खाये जा रहे हो, अब जाओ पहिले ट्यूब दुकानदार के मुँह पर मारकर आओ—तभी काम आगे बढ़ेगा। तुम्हारा टाइम ही नहीं कीमती है, हमारा भी टाइम कीमती है, समझे। बुद्धिराम खिसियानी बिल्ली सा चुपचाप ट्यूब लेकर दुबारा देखने लगा—फिर चल दिया। मन्नर बोल उठा—न जाने अपने को क्या समझता है साला!—अरे ये नवाबजादा है तो क्या हम इस साले से कम है क्या? हमारी भी गाँव में खेती बारी है, भाई लोग अच्छे धन्धे से लगे हुए हैं अरे साइकिल का काम करते हैं, कोई चोरी तो नहीं करते। इसकी साले की तो नहीं खाते। अबे निरंजन बांध दे इसके पुराने वाले टायर ट्यूब। आवे साला ले जाये अपनी साइकिल। नहीं बनानी इसकी साइकिल और फिर दुकान पर दिख जाये तो भगा देना साले को और हाँ, साइकिल बांधने के बाद जाकर भइयाजी के लिये और हमारे लिये चाय ले के आ। हम जरा लैटरिन होकर आते हैं। मैं कुछ कहता इसके पहले मन्नर का डिब्बा उठ चुका था, और वो बड़बड़ाता हुआ चला जा रहा था। आ जाते हैं साले... कहाँ कहाँ के नवाबजादे और देखते-देखते वो दूर निकल गया।

छोटी ग़लती बड़ी सजा

भगवान की बहुत बड़ी दुनिया है और इसमें अरबों लोग रहते हैं और ग़लती लगभग सभी से होती है। लेकिन बहुतों की ग़लती, शायद ग़लती नहीं होती या फिर उन्हें उसका मामूली खामियाजा भुगतना पड़ता है। अरे यहाँ तो लोग सरेआम दूसरे की गर्दन उतार लेते हैं और किसी को कानोकान खबर तक नहीं होती। लेकिन केशवजी के पुत्र बल्लू बाबू उर्फ बलदेव ने जरा-सी ग़लती की और उसकी सज़ा उन्हें बहुत बड़ी मिली। इतनी की आज भी वह उसे भुगत रहे हैं। हालाँकि इसमें बल्लू बाबू की कोई ग़लती भी नहीं थी लेकिन वो उसे अपनी ग़लती ही मानते हैं।

बल्लू बाबू आजाद भारत में पैदा हुए थे। तिसपर बीसवीं सदी के उत्तरार्द्ध में। उनका आजाद ख्याल होना कोई हैरानी की बात नहीं थी। फिर शिक्षा-दीक्षा भी प्रारम्भ से अच्छे विद्यालय में हुई, जहाँ को-एजुकेशन थी अर्थात लड़के-लड़कियाँ, साथ-साथ पढ़ते थे। धीरे-धीरे बल्लू बाबू पढ़ते गये क्लास चढ़ते गये और कढ़ते गये। पहले इण्टर, फिर बी.ए. फिर एम.ए.। जहाँ भी रहे चर्चित बने रहे। कुछ सद्-व्यवहार के कारण, कुछ सुरीले गले के कारण और कुछ अतिजिज्ञासु होने के कारण। बहुत-सी सहपाठिने थीं, जो बल्लू बाबू के ग्रुप में थीं, और भी जो ग्रुप्स थे उनके लड़के-लड़कियों से भी उनकी अच्छी बनती थी। तब वो एम.ए. में थे। एक दिन एक सहपाठी उन्हें उन्हीं की सहपाठिन लेकिन अपनी गर्लफ्रेंड के घर ले गया। वहाँ दोनों लोगों का बड़ा स्वागत सत्कार हुआ सितार बजाया गया, गाना सुनाया गया, छंद पढ़े गये और पेन्टिंग्स देखी गयी। पेन्टिंग्स थी सहपाठिन की बहन की जो सुदर्शना होने के साथ-साथ सुकला सम्पन्न थी। सितार बजाया सहपाठिन ने, गीत गाया बल्लू बाबू ने और छन्द सुनाया सहपाठी ने। बस क्या था दूसरे दिन से कला की बहन (उस सहपाठिन का नाम कला था) की सुकला की चर्चा से पूरी क्लास गर्म थी। पर इस बात ने किसी का ध्यान कुछ ज़्यादा खींच लिया है इसकी

खबर बलदेव को नहीं लगी। दिन गुज़रते गये बात आयी गयी हो गयी।

एक दिन कॉलेज से घर आ रहे बल्लू बाबू को उनके नाम की गुहार सुनाई दी। पीछे मुड़कर देखा तो माला थी। बलदेव की क्लासमेट। प्रसन्न होकर बल्लू बाबू साइकिल से उतर पड़े और उसके साथ हो लिये। ढेरों बातचीत हुई। माला अपने पौधों के लिए खाद खरीद रही थी और कुछ नये बीज भी उसने लिए थे। छोटे-छोटे कई पैकेट उसके हाथ में थे। बात ही बात में माला ने बलदेव से कहा—'बलदेव आज मेरे घर चलो।' रफ-टफ बल्लू बाबू कुछ हड़बड़ाये, फिर टाल गये—अरे रहने दो माला, फिर कभी चलूँगा। नहीं बलदेव आज तुम बड़े मौक़े से मिले हो तुम्हें चलना होगा प्लीज। देखो मैं ऑफर कर रही हूँ। मेरा घर यहाँ से ज़्यादा दूर नहीं है। प्लीज। बलदेव क्या करते-आस-पास दर्जनों लोगों की निगाहें उन्हें घूर रहीं थीं बेचारे तैयार हो गये। फटाफट माला रिक्शे पर सवार हुई और बल्लू बाबू उसके साथ अपनी साइकिल से हो लिए। बातों-बातों में रास्ता कट गया। एक जगह क्रॉसिंग पर थोड़ी भीड़-भाड़ थी। बल्लू बाबू भागने की फिराक में थे। पर संकोचवश कुछ सोचकर नहीं भागे। घर पहुँचकर माला ने अपनी मम्मी से (सिर्फ़ वही उस समय घर पर थीं) बलदेव का बड़ा सुन्दर परिचय कराया और उनके गुणों की तारीफ़ की। फिर वह किचन में चली गयीं और उसकी मम्मी धीरे-धीरे बल्लू बाबू से बातचीत करती रहीं और देखते-देखते उनका पूरा फैमिली बायोडाटा उन्होंने नोट कर लिया, बल्लू बाबू दंग थे। आख़िर माज़रा क्या है? पर ये सोचकर कि माताएँ ऐसी ही होती हैं फिर ये तो लड़की की माँ ठहरी। बात को दिल से नहीं लगाया। इतने में माला आ चुकी थी। माला के शानदार घर की तरह ही उसकी शानदार ट्रे में जानदार बर्फी, समोसे, चाय और शानदार कप सजे थे। बल्लू बाबू को थोड़ी भूख महसूस हो रही थी। सो उन्हें बड़ी प्रसन्नता हुई। इस संक्षिप्त नाश्ते के बाद, माला उन्हें अपने कमरे में ले गयी। कमरा बड़ा सजा सँवरा, साफ-सुथरा था। जगह-जगह कई सीनरियाँ और पेन्टिंग्स दीवारों पर लगी थीं। माला उन्हें दिखाती हुई बोली—ये पेन्टिंग मैंने बनाई है—ये देखो, सागर में छिपता सूरज। पर्वत से उगता सूरज। नदी में बहती नाव, पीछे छोटा-सा गाँव, कैसी है ये सब। मुस्कुराकर बलदेव बोला—'बड़ी अच्छी है।' भई तुम इतनी सुन्दर पेन्टिंग्स बनाती हो, मुझे पता नहीं था। तुम तो बड़ी छिपी रूस्तम निकलीं। माला ने तब पूछा अच्छा ये बताओ कि कला की बहन की पेन्टिंग्स इनसे अच्छी हैं क्या? अब मामला कुछ-कुछ बल्लू बाबू ताड़ गये। मन ही मन बोले—तो ये बात है। मेन मकसद ये पेन्टिंग्स दिखाकर क्लास में पब्लिसिटी पाना है। मैं भी कम नहीं हूँ बच्चू देखना किसी को कानोकान खबर नहीं लगने दूँगा।

दूसरे दिन पूरे क्लास में शोर था। माला कल बलदेव को अपने घर ले गयी थी और वहाँ माला की माँ ने बलदेव का अच्छा खासा इन्टरव्यू ले लिया। बेचारी माला सहेलियों और दोस्तों के तरह-तरह के सवालों का जवाब देते-देते थक गयी। क्लास खत्म होने पर बलदेव के पास आकर वो बोली—'इट वास नाट गुड' बलदेव। तुमने मेरी भावना का अपमान किया। फिर मम्मी को बीच में लाने की क्या ज़रूरत थी। बात बलदेव को लग गयी वो इसे हवा में नहीं उड़ा पाये, नतीजा ये हुआ कि एम.ए. पास करते-करते बलदेव और माला अच्छे दोस्त बन गये। रिजल्ट निकला, दोनों फर्स्ट क्लास पास हुए बल्लू बाबू अब नौकरी की तलाश में हाथ-पैर मार रहे थे दो साल होने को आये कोई रिजल्ट सामने नहीं आया। निराशा के दिन थे वो उनके। इन्हीं दिनों एक दिन पी.सी.एस. के इन्टरेंस इक्जाम के दिन इत्तिफाक से बलदेव की माला से भेंट हो गयी। पुरानी यादें ताजा हुई, परीक्षा समाप्त होने के बाद दोनों साथ ही साथ बाहर निकले। इधर इन गुज़रे सालों में केशव जी ने नया मकान बनवा लिया था, जो काफ़ी बड़ा और सुन्दर था। पुराने मोहल्ले के सड़े-गले माहौल से निकलकर अब वो कॉलोनी के सुन्दर-स्वस्थ माहौल में आ गये थे चलते-चलते बातचीत के दौरान बलदेव ने माला से कहा, चलो आज तुम्हें अपने घर ले चलूँ। माला ने कोई ना-नुकुर नहीं की और सहर्ष साथ चल दी। घर पर केवल बलदेव की मम्मी ही थीं, केशव जी अभी लौटे नहीं थे। बल्लू के साथ एक गोरी चिट्टी सुन्दर-सी लड़की देखकर पहले मम्मी को हैरानी हुई, फिर उन्होंने खुद को सम्हाला, माला से मिलकर उन्होंने खुशी जाहिर की चलते-चलते माला से बोली—बेटी आती-जाती रहना। इस घर को अपना घर ही समझना। तुम आओगी तो मुझे अच्छा लगेगा, मेरा अकेलापन कुछ कम होगा। माला बोली ज़रूर आऊँगी आंटी, ज़रूर आऊँगी। फिर बलदेव माला को टैक्सी स्टैण्ड तक छोड़ आया, घर आया तो मम्मी ने कहा—बल्लू ये लड़की बड़ी अच्छी लगी मुझे। मम्मी की ये बात बल्लू बाबू को जरा कम भायी।

एक रोज बलदेव लाइब्रेरी से शाम चार बजे क़रीब लौटा तो देखा माला आयी थी। मम्मी और उसमें खूब हँसकर बातें हो रही थीं। माला का आना थोड़ा अचरज भरा ज़रूर था पर बलदेव ये बात टाल गया वो भी उनकी हँसी-खुशी में शामिल हो गया। उस दिन के बाद माला का आना बढ़ गया और हाँ अब वो बलदेव से मिलने कम मम्मी से मिलने ज़्यादा आने लगी। मम्मी पर भी उसका भूत चढ़कर बोलने लगा। कॉलोनी के लोगों में खुसुर-पुसुर शुरू हो गयी केशव जी ने एक दिन मम्मी से पूछा? ये बल्लू की कौन-सी दोस्त हमारे यहाँ आती है भई। दास बाबू आज बता रहे थे। मम्मी को मौक़े की ही तलाश थी, मौक़ा मिलते ही वो शुरू हो

गयी—फिर क्या? जो बड़ाई की माला की, कि माला की एक सुन्दर माला पिताजी को भी थमा दी। ऐसे में एक दिन माला अपनी मम्मी को भी साथ ले आयी। अब बल्लू बाबू की पूछ उन्हीं के घर में पूंछ की तरह हो गयी थी और माला उन्हीं के घर की मूंछ हो गयी थी। इधर बल्लू बाबू की नौकरी पक्की हो गयी थी। मम्मी को ये सब माला के शुभचरणों का प्रताप लगता, बल्लू बाबू की कड़ी मेहनत की कमाई नहीं। न चाहते हुए भी घर में माला का प्रभाव बढ़ता चला जा रहा था और बलदेव का बल कमजोर पड़ता जा रहा था। बल्लू बाबू इन दिनों अपने बेकारी के दिनों से भी ज़्यादा टैंस थे। पर क्या करते? डैडी के आगे उनकी चलती नहीं थी। बात बल्लू बाबू की बहन श्वेता और बहनोई संदीप तक पहुँची। छोटे भाई तेजप्रकाश को भी चिट्टी लिखी गयी। वो भी पूना में इंजीनियरिंग के फाइनल ईयर में था। पूरा परिवार इकट्ठा हो गया और देखते-देखते एक दिन बल्लू बाबू उर्फ बलदेव की माला उर्फ मोनी से सगाई हो गयी। फिर धूमधाम से बल्लू बाबू का बैंड बजा और उन्हें माला के साथ जीवन भर के लिए बाँध दिया गया। आज शादी को कई साल हो गये। बल्लू बाबू बाप भी बन गये और ताऊ भी, मामा पहले ही बन चुके थे। बातचीत के दौरान वो आज भी गम्भीर होकर यही सवाल उठाते हैं—मेरी सिर्फ एक ग़लती ने (जो मैं माला को अपने घर लाया) मुझसे मेरी आजादी छीन ली, हँसी छीन ली। खुशी छीन ली। मैं अपने मन का कुछ भी नहीं कर पाया। पर उनकी बात को माखौल में ये कहकर घरवाले उड़ा देते—शुक्र मनाओ माला जैसी पत्नी मिल गयी। नहीं उम्र भर न जाने कौन-सी घण्टी बजानी पड़ती। और माला प्रशंसा अभियान फिर शुरू हो जाता। अम्मा बहू के चरणों का प्रताप बखानती और तेज भाभी की गुण वंदना गाता और बल्लू बाबू! बल्लू बाबू! खिसियाकर चुप हो जाते, अधिक त्रस्त महसूस करते, तो बाहर चले जाते।

फ़ी-अमानिल्लाह

अरे जुम्मन! जरा देखना तो, कौन कुण्डी खटखटा रहा है? अभी देखता हूँ बी, जुम्मन की आवाज सुनाई दी। थोड़ी देर बाद कुण्डा फिर खड़का। इस बार बड़ीबी, गुस्सा होकर चिल्लाई—अरे जुम्मन! क्या मर गया है। जाकर दरवाजा क्यो नहीं खोलता है। इस बार जुम्मन ने तेजी दिखाई ! वैसे ग़लती उसकी भी नहीं थी वह सबेरे का नाश्ता रसोई में पका रहा था। उसने सोचा कोई गली मोहल्ले वाला होगा अभी चला जायेगा। पर बात ऐसी नहीं थी, उसका सोचना ग़लत था।

छुट्टी का दिन था। आज सबकुछ बड़े आराम से हो रहा था। अनवर मियाँ, बड़े आराम से बैठे अखबार पढ़ रहे थे और उन्हीं के सामने आंगन में बैठी बड़ी बी चावल चुन रही थीं। आज पुलाव बनाने की तैयारी हो रही थी। तकरीबन तीस साल पहले अनवर मियाँ और अफ़साना बेगम अर्थात् बड़ी बी का निकाह हुआ था। खुदा ने बड़ी रहमत बख्शी थी। जबसे बड़ी बी घर में आयी, बरक्कत ही बरक्कत हुई। मालिक ने तीन हीरे जैसे लाल दिये थे। बड़े बेटे नौरोज की शादी बहराइच में हुई थी, लेकिन उसके ससुर का अहमदाबाद में जूतों का कारखाना था। नौरोज मियाँ वहीं उनका काम-धाम देखते थे, क्योंकि उनकी पत्नी फ़ातिमा अपने माँ-बाप की इक़लौती औलाद थी। चार साल गये नौरोज फ़ातिमा का घर आबाद हुआ। एक फूल-सी बच्ची ने उनके घर जन्म लिया। नाम रखा गया गुलशन। वैसे तो नौरोज यही लखनऊ में अपने वालिद अनवर मियाँ के साथ अपने चिकन के व्यापार में लगे थे और उसकी तरक्की में जी-जान से ज़ुटे थे, लेकिन इकलौते दामाद होने के कारण उन्हें अहमदाबाद जाना पड़ा। बड़ी बी ने कलेजे पर पत्थर रखकर उन्हें भेजा था। लेकिन शर्त ये रखी थी कि साल में कम-से-कम चार बार मय बालबच्चे वो लखनऊ आयेंगे। नौरोज मियाँ से छोटे थे जमाल। खूबसूरत, लम्बे-चौड़े जवान थे। बड़े नेक और शरीफ़ एकदम अपने अब्बा जैसे। बी.कॉम. पास कर लेने के बाद

अपने अब्बा के धन्धे में उनके साथ ही लगे थे और लगभग सारा कामकाज सँभाल चुके थे। उनसे छोटे थे नासिर। जो अभी नवीं में पढ़ते थे मोहल्ले भर के लौंडो के सरदार थे, खुराफाती नम्बर एक, पतंगबाजी के बेहद शौकिन और अच्छे स्टूडैण्ट। उनका आलम ये था कि उन्हें बड़े-बड़े लड़के पतंग के मैचो में बुलाकर ले जाते थे। मोहल्लेवालों का मानना था लड़का एकदम अपनी माँ पर गया था। वैसे अनवर मियाँ का खानदान काफ़ी आला था। चिकन के बाज़ार में उनकी बड़ी इज़्ज़त और शाख थी। कारखाना घर से थोड़ा दूर था। क़रीब बीस-बाइस आदमी काम करते थे। डिजाइन काढ़ना, तरह-तरह के नये-नये फ़ैशन के मुताबिक माल तैयार करना, ये सारा काम वहीं होता था। उनका माल दिल्ली से लेकर अहमदाबाद तक जाता था। खासा फैला धन्धा था।

लेकिन आज छुट्टी थी। लखनऊ जैसा शहर और खानदानी लोग, आज कोई जल्दी नहीं थी। जमाल सो रहा था और नासिर अभी-अभी उठकर मंजन कर रहा था। जुम्मन ने दरवाजा खोला—अरे खालिद मियाँ आप! असलामवालेकुम उसने उन्हें आदाब किया और हाथ से ब्रिफ़केस ले लिया—अरे बेगम भी आयी है, और जीनत बिटिया भी, उसने उन्हें भी आदाब किया। सभी ने धीरे-से जुम्मन के अभिवादन का जवाब दिया और भीतर आ गये। इतने में नासिर की नज़र नुसरत बेगम पर पड़ गयी- वो चिल्लाकर मुँह में ब्रश लगाये ही भागा अरे खालाजान आ गयी। खालाजान। जिस घर में अब तक सुबह का खुमार भरा था, वही घर अब जागकर चहकने लगा था। अनवर मियाँ ने बड़े प्यार से खालिद मियाँ को गले लगाया, खैरियत पूछी, फिर पास बिठाकर बातचीत करने लगे। उधर बड़ी बी नुसरत बेगम और जीनत को लेकर अपने कमरे में चली गयी। जुम्मन की फुर्ती अब और बढ़ गयी थी। लेकिन जमाल अभी भी सो रहा था। नासिर उसके कमरे में पहुँचा और पानी के छीटें मारकर उसका चेहरा तर कर दिया। जमाल एकाएक नीद उचटने पर नाराज़ होकर उठ बैठा। उसके मुहँ से निकला - अरे कौन है, ये क्या बदतमीजी है? आँख खोलकर उसने देखा तो नासिर मियाँ अच्छा तो ये तुम हो रूको तो। जमाल उठकर उसे पकड़ता कि वो भाग चला। नासिर आगे-आगे जमाल पीछे-पीछे, और नासिर सीधे अपनी अम्मी के कमरे में घुस गया और उनके पीछे छिप गया। जमाल झोंके में कमरे में घुस गया और अम्मी से मुखातिब होकर बोला—अम्मी आज आप इस बदमाश को नहीं बचाएँगी? मै इसे छोड़ूँगा नहीं। अम्मी बड़े प्यार से बोली अरे क्या हुआ रे? ऐसा क्या कर दिया इस नासिर ने? देखा नुसरत! आज भी ये दोनो वैसे ही लड़ते है—जैसे कभी नौरोज

और जमाल लड़ते थे। अब जाकर जमाल को खयाल आया अरे! खालाजान आप? कब आयी, असलामवालेकुम और जीनत को देखकर वो हड़बड़ा गया और बोला जीनत तुम भी। आगे वो कुछ कहता कि जीनत ने मुस्कराकर उसे आदाब किया बेचारा जमाल क्या करता? झेंपकर रह गया और कुछ शर्माया भी लेकिन मन ही मन नासिर पर खुन्दक खाकर, बाथरूम की ओर चल दिया।

सुबह की चाय पीकर सभी अब तक नहा धोकर फ्रैश हो चुके थे और अब नाश्ते की तैयारी हो चुकी थी। जुम्मन का बनाया हुआ आमलेट अब नाश्ते का एक हिस्सा महज नज़र आ रहा था। बड़ी बी ने बड़े प्यार से हलवा बनाया था और जुम्मन बाज़ार से जलेबी और समोसे ले आया था। सभी डाइनिंग टेबिल पर बैठ चुके थे। अनवर मियाँ ने जलेबी उठायी, बड़ी बी ने तुरन्त टोका तो वो बोले भई आज तो कम से कम खा ही लेने दीजिये। बड़ी बी बोली नहीं। बिल्कुल नहीं। रखिये, डॉक्टर ने मना किया है, आपको मीठा खाने से, और ये सब तला भुना भी नहीं। अरे जुम्मन! ओ जुम्मन। जरा ब्रेड मक्खन ले आना तो, अनवर मियाँ मुस्कुरा रहे थे। नुसरत बेगम बोली ऐ आपा! कम-से-कम आज तो इन्हें मना मत करो। बड़े दिन बाद तो हमारा सामना हुआ है। क्यों जी! उन्होंने नैन मटकाये सभी हँस पड़े और अनवर मियाँ जुम्मन के आने से पहले एक दो जलेबी साफ़ कर गये। आमने सामने बैठक हुई थी सारे मर्द बायीं ओर और जनानियाँ दायी ओर। खालिद मियाँ के सामने नुसरत बेगम, अनवर मियाँ के सामने बड़ी बी, जमाल के सामने जीनत और बगल में नासिर। जमाल जीनत को देखकर मुस्करा रहा था, जीनत भी हँस रही थी। नासिर मियाँ ये देख रहे थे उन्होंने जमाल की टाँग में अपनी टांग मारीं। जमाल बोला क्या है? नासिर बोला नाश्ता मेज पर है—सामने नहीं, खाइये-खाइये नहीं तो ठण्डा हो जायेगा। जीनत हँसने लगी। अनवर मियाँ ब्रेड में मक्खन लगाते हुए बोले—और खालिद मियाँ कैसा चल रहा है आपका चूड़ियाँ पहनाने का धन्धा। खाला की तरफ़ देखकर वो हँसे थे। खालिद मियाँ ने मुस्कराकर कहा था—जैसे वो अनवर मियाँ की ठिठोली समझकर बोले हो आपके कपड़े पहनाने के धन्धे से थोड़ा मंदा। इस बात पर थोड़ी हँसी हुई थी, फिर खालिद मियाँ बोले अच्छा चल रहा है, अल्लाह का करम है। और आपका क्या हाल है? अनवर मियाँ बोले ख़ुदा की रहमत है। कहिए कैसे आना हुआ, अनवर मियाँ ने पूछा? खालिद मियाँ बोले, कुछ दुकानदारो से हिसाब करना था और फिर सोचा देंवा घूम लिया जाये इसी बहाने। बड़ा ही अच्छा किया आपने इस बार बड़ी बी बोली। और क्या हाल है उन जुड़वा शैतानों का कौन नईम और उमर, खाला बोली, हाँ भई हाँ उन्ही का, कैसे है, वो मेरे दोनों बच्चे अच्छे है?

आपा आपकी दुआ है। इस साल दोनों बारहवीं में गये है। बड़ी बी के सवाल का जवाब खाला ने दिया था बड़ी सादगी से। और जीनत बेटी तुम क्या कर रही हो आजकल? कुछ नहीं खाला अम्मी से रसोई के हुनर सीख रही हूँ। जीनत ने मुस्करा कर कहा था। बड़ी बी थोड़ा सम्हलकर बोली थी ठीक है बेटी ये भी बहुत ज़रूरी है, कम-से-कम लड़कियों को तो चूल्हे-चौके का काम आना ही चाहिए। और क्या हाल है नौरोज मियाँ के, अच्छे भले है, अब तो गुलशन स्कूल जाने की जिद करने लगी होगी, कितने बरस की हो गयी होगी? यही कोई तीन-एक की। कैसी है? बड़ी ही खुबसूरत, अल्ला बुरी निगाहों से बचाये। खाला के सवालों का जवाब बड़ी बी दे रही थी। इधर जमाल, जीनत और नासिर की भी नोंक-झोंक जारी थी। नासिर जीनत से पूछ रहा था अच्छा बताइए आपां आप गोश्त अच्छा बनाती है या बिरयानी? वैसे, तुम्हे क्या पसन्द है, नासिर? जीनत ने पूछा। मैं, मैं तो गोश्त मन से खाता हूँ, बिरयानी के साथ गोश्त खाया नहीं जाता। लेकिन मैं! वो अभी चावल-दाल तक ही पहुँची हूँ जीनत ने मज़ाक़ किया था, नासिर ने असल में जाना और बोला धत तेरी की आप भी कितनी सुस्त चल रही है। अरे बी.ए. पास किये आपको कुछ महीने तो हो गये होंगे? इस बार जमाल बोला—क्या नासिर? तुम भी! अरे मटन बिरयानी बनाना कोई हँसी खेल है? जो-जो चाहे बना ले वो भी ये जीनत! तुम भी कमाल करते हो? क्यों? इसमे कमाल क्या है, जीनत खीझकर बोली। मै बना लेती हूँ। मै नहीं मानता। मैने कहा न मै बना लेती हूँ। मैने कहा न मै नहीं मानता। इसबार बड़ी बी बोली- क्या है- जमाल और जीनत, तुम लोग अब बच्चे नहीं रहे पहले जैसे फिर शुरु हो गये। अरे चुप भी करो। तब बचपना था अब तुम लोग बड़े हो गये हो। तो क्या हुआ आपा? है तो आपस के ही, खाला मुस्कराकर कर बोली। अरे वो बच्चे भी क्या जो लड़े ना इसबार खालिद मियाँ उनकी हाँ में हाँ मिलाकर बोले। ठीक ही तो है, वो बच्चे भी क्या, जो लड़े ना खूब लड़ो बच्चो जीनत और जमाल खूब लड़ो। खाला जलभुन गयीं। क्या खालिद मियाँ, आप भी! अनवर मियाँ ने उन्हें टोका। अरे भई कभी-कभी तो ऐसा मौक़ा हाथ आता है, वरना हर बार हम ही कसे जाते है। दोनो लोग थोड़ा मुस्कराये थे। तो देवां कब चला जाये? अनवर मियाँ ने पूछा। कल शाम की रखिये। तो तय रहा, कल शाम। खालिद मियाँ की बात को अनवर मियाँ ने पुख्ता किया अपने अन्दाज में।

लोग ज़्यादा थे इसलिए बस में चलना तय हुआ। देवां का मेला चल रहा था और मेले तक सीधे बसे जा रही थी। जमाल नहीं जाना चाहता था, लेकिन उन्हें जबर्दस्ती पकड़ा गया और नासिर मियाँ को कोई ले जाने को तैयार नहीं था लेकिन

वो जबर्दस्ती चिपक गये। जुम्मन ने बड़ी मिन्नत की तो बड़ी बी उसपर पिघल गयी। लिहाजा आठ लोग साथ थे। रात क़रीब आठ बजे वो लोग घर से निकल सके। बस बाराबंकी से पहले देवां के लिए मुड़ी। खालिद मियाँ ने अनवर मियाँ से पूछा भाईजान ये क्या नया रास्ता है। अनवर मियाँ बोले अब बस बाराबंकी होकर देवां कम चलती है। डीलक्स बस थी, दो-दो वाली सीट पर सब बैठे थे। खालिद मियाँ की बगल में अनवर मियाँ, खाला के बगल में बड़ी बी, जमाल के साथ जीनत और जुम्मन के साथ नासिर। सभी अपनी-अपनी बातों में मशरूफ थे। जुम्मन और नासिर एक दुसरे को चाटे पड़े थे। खाला बड़ी बी बड़े दिन बाद मिली थी। खालिद मियाँ अनवर मियाँ कभी-कभी खामोश हो जाते थे, पर खाला और बड़ी बी, जुम्मन और नासिर में से कभी-कभी दोनो बोलते और कोई किसी की बात नहीं सुन पाता। बस का टेपरिकार्ड बज रहा था—कव्वाली चल रही थी। "बिगड़ी मेरी बना दो, वारिस ओ देवा वाले" जीनत और जमाल अब तक खामोश ही थे। दोनों बातचीत करने की उधेड़-बुन में थे पर पहल कोई नहीं कर पा रहा था। शुरुआत जीनत ने की बहुत दिन बाद हम मिले नहीं। हाँ कोई तीन साल बाद जुबेर भाई की शादी में ही भेंट हुई थी। खालिद मियाँ के भतीजे थे जुबेर। हाँ सच कहा आपने जमाल की बात का जीनत ने जवाब दिया। अच्छा ये बताइए आपने कोई खत हमें क्यो नहीं लिखा? जीनत ने पूछा। क्या लिखता? और किसके पते पर लिखता? जमाल बोला। और मेरी सहेली सलमा के पते पर आप तो जानते है उसका पता। सो तो है पर हिम्मत नहीं पड़ी जमाल ने मजबूरी जाहिर की। लेकिन आप तो मर्द हैं, अरे कैसे मर्द हैं आप? जो पहल भी नहीं कर सकते। जमाल झेंप गया था। और सब कैसा चल रहा है आपके दोनो भाई कैसे हैं? ठीक हैं—जीनत ने सीधा सा जवाब दिया जमाल के सवाल का। अब हमारी शादी की बात शुरू हो गयी है, कई लोगों के पैगाम आ चुके है। जीनत ने थोड़ा गभीर और उदास होकर कहा। तो? तो मै क्या करुँ? जमाल ने मज़ाक़ किया। जीनत गुस्सा होकर बोली, यूँ ही हाथ पर हाथ धरे बैठे रहिये। कहते-कहते उसका गला भर आया था। जमाल बोला हौसला रखो, फिर ये बस है, लोग देख रहे हैं। देखने से उनके। मैं किसी से डरती हूँ क्या? जीनत थोड़ा तेज बोली। थोड़ी देर तक चुप्पी रही रास्ते में थोड़ी धुन्ध बढ़ गयी थी। एकाएक बस के ड्राइवर ने इमरजैंसी ब्रेक लगाया। सभी सवारियाँ आगे झुक गयी, कुछ लोग गिर भी पड़े। जीनत का सर बस की खिड़की में लगी छड़ से टकरा ही गया होता अगर जमाल ने अपना हाथ लगाकर न रोक लिया होता। जमाल की कलाई में हल्की-सी मोच आ गयी थी।

शुक्र है अल्लाह का कुछ हुआ नहीं एक मरदूत ताँगे वाला बॉस लादे न जाने कहाँ से हमारी बस के सामने आ गया था? एक औरत पीछे से बोली थी। बस फिर चल चुकी थी एक आदमी ने चिल्लाकर कहा 'हजरत वारिस अलीशाह' बस के लगभग सभी लोगो ने कहा 'ज़िन्दाबाद'। बस देवां पहुँच चुकी थी।

मेले की रौनक देखने लायक थी। कहीं नौटंकी हो रही थी, कहीं मुशायरा, कहीं फ़िल्म चल रही थी तो कहीं वीडियो। कोई शाल बेच रहा था तो कोई चप्पल। हर तरह का सामान वहाँ आसानी से मुहइया हो सकता था। चाय पीते-पीते खाला ने बड़ी बी से कहा ये चाय झाक क्यों मार रही है? अनवर मियाँ बोले बकरी के दूध की है इसलिए। थोड़ा माहौल हल्का हुआ। बस के एक्सीडेंट से घर के सभी लोग घबड़ा से गये थे। खालिद मियाँ ने चाय का प्रस्ताव उसी घबड़ाहट को कम करने के नजरिये से रखा था। जुम्मन बोला बड़ी बी अगर घर से चलते समय काजी साहब न मिले होते तो आज तो हम मर ही गये होते। बड़ी बी मन ही मन गुस्साई तो, क्योंकि घर के पास की मस्जिद का काजी उन्हें फूटी आँख नहीं सुहाता था पर चुप रहीं। उनकी ये खामोशी जुम्मन को अपनी बात की सरपरस्ती लगी। वो बोला खैर बड़े अच्छे दीदार हुए ख्वाजा साहब के। बड़ी बी, खाला ने चादरें चढ़ाई और मन्नते मानतें हुए गाठें बाँधी। जीनत ने भी सिजदा किया, जमाल पहले ही बाहर आ चुका था। थोड़ी देर बाद सभी लोग इकट्ठा हुए। तय हुआ अब थोड़ी देर बाज़ार घूमा जाये। खाला ने देवांशरीफ की मजार से एक सुन्दर तस्वीर ली जिसके ऊपर एक कलमा लिखा था और हजरत वारिस अलीशाह की तस्वीर बनी थी। अनवर मियाँ को एक छड़ी पसन्द आयी और खालिद मियाँ के लिए उन्होंने सुन्दर नागरे जूते ख़रीदे। नासिर जुम्मन के साथ चरखी और मंझे खरीद लाया। बड़ी बी और शायद जमाल ने अभी तक कुछ नहीं खरीदा था। जीनत को एक साटन का सूट पसन्द आ गया था। उसने उसे ख़रीदवा लिया। बड़ी बी ने बड़ी शौक़ से उसके पैसे दिये हालाँकि खाला उसका दाम देने की जिद रही थी पर उनकी एक नहीं चली।

ये लोग जब लखनऊ लौटे तो सुबह हो चुकी थी। दिनभर आराम हुआ। शाम को खालिद मियाँ जाना चाह रहे थे। अनवर मियाँ बड़ी बी ने जब उन्हें रूकने को कहा तो वो बोले कल ज़रूरी काम है, नहीं गया तो नुक़सान हो जायेगा। अनवर मियाँ बोले अरे मियाँ कल सुबह चले जाइयेगा तो उन्होंने जवाब दिया अरे शाहजहांपुर ही तो जाना है। हम समय से घर पहुँच जायेंगें फिर वो तो अपना शहर है वहाँ क्या डर। होते-होते तय हुआ कि खाला का परिवार आज ही चला जायेगा।

शाम की ट्रेन थी। बड़ी बी का जी भारी हो आया था। जीनत-जमाल के सामने पड़ना नहीं चाह रही थी। सिर्फ नासिर और जुम्मन से बातें कर रही थी और रसोई में बराबर आ जा रही थी। सामान गाड़ी में रखा गया। सभी लोग स्टेशन पहुँच गये। ट्रेन आ चुकी थी, जगह भी मिल गयी थी। खाला बड़ी बी से बात कर रही थी। अनवर मियाँ खालिद मियाँ से बातचीत कर रहे थे। जमाल ट्रेन की खिड़की पर हाथ रखे प्लेटफार्म पर खड़ा था। उसके कंधे पर एक खादी का झोला लटक रहा था। अन्दर खिड़की के सामने जीनत बैठी थी, दोनो खामोश थे। हरा सिग्नल हो गया था। जमाल ने एक अच्छा खासा पैकेट अपने कंधे पर टंगे झोले से निकाला और जीनत की ओर बढ़ा दिया। जीनत पहले उसे नहीं ले रही थी जमाल बोला, ऐसी भी क्या नाराज़गी, खुदा पर भरोसा रखिये अल्ला ने चाहा तो आगे वो कहता कि ट्रेन चल पड़ी। जमाल कुछ देर तक ट्रेन के साथ-साथ चलता रहा, फिर गाड़ी ने स्पीड पकड़ ली। जीनत रो रही थी। नुसरत बेगम की आँखे नम थी। कुछ देर बाद जीनत ने वो पैकेट खोला, उसमें एक खूबसूरत सुनहरे फ्रेम का शीशा था और उसके नीचे एक चिट। नुसरत बेगम कह रही थी, बड़ी बी ने जीनत के लिए जमाल का पैगाम दिया है। अच्छा! खालिद मियाँ सुनकर ख़ुश हो गये। बोले ये बात कब हुई? कल देवांशरीफ की दरगाह पर। बड़ा मुबारक दिन था कल का। हजरत वारिस ने मेरी मुराद पूरी कर दी। दोनों पति-पत्नी पुलकित हो उठे थे। किनारे बैठी जीनत ये सुन चुकी थी उसने चिट खोलकर देखी उसमे लिखा था 'ये आईना तुम्हारे लिए देवे से लिया था' उस समय जब तुम अपना सूट खरीद रही थी। सबसे छिपाकर रखा पर अम्मी ने देख लिया खैर! तुम घबड़ाना मत। अगर हमारी मुहब्बत सच्ची है, तो अल्ला पाक हमें ज़रूर मिलायेगा और फिर हम कभी जुदा नहीं होंगे। लेकिन उसके लिए तुम्हे हौसला रखना होगा और खुदा का ऐतबार कर उस पर भरोसा रखना पड़ेगा। मै भी उसी की हिफाजत में तुम्हे दिलपर पत्थर रखकर जाने दे रहा हूँ। आईना देखकर मुस्कराना ज़रूर। खबरदार जो रोई "तुम्हारा जमाल"। जीनत ने आईना देखा अपनी शक्ल देखकर उसे सचमुच हँसी आ गयी। पर तुरन्त आँखे भर आयी। उसकी अम्मी ने नीचे की बर्थ से उसे आवाज दी। बेटी नीचे आ जाओ! अब भीड़ छट गयी है और हाँ जमाल तुम्हारे लिए एक आईना लाया था तुम्हे दिया कि नहीं? जीनत हैरान तो हुई पर ख़ुश होकर बोली जी दिया। पर आपको? आपा ने बताया था। जानती हो क्या कह रही थी, कितना ख्याल रखते है ये एक-दूसरे का। और तूने बेटी जमाल को कुछ दिया या नहीं। जीनत कैसे कहती कि अपना सब कुछ तो जमाल को दे आयी है।

पर प्रत्यक्ष में बोली जी कुछ सूझा ही नहीं। जरा देखूँ तो मैं भी तेरा वो आईना! जी लीजिए जीनत ने ऊपर की बर्थ से नीचे की ओर आईना बढ़ा दिया। अरे वाह! बड़ा सुन्दर है, खालिद मियाँ इन बातों से बेखबर कुछ सोच रहे थे कि अपनी बेगम की चहकती आवाज सुनकर चौंके भई क्या है? अरे आईना? किसने दिया। उनकी नोंक-झोंक शुरू हो गयी। जीनत शरमाकर लाल हो गयी थी, उसने लेटना मुनासिब समझा। वह बर्थ की दायीं ओर मुँह कर के लेट गयी, और सोचने लगी आने वाले सुनहरे कल के बारे में। इधर गाड़ी भी अपनी रफ्तार पकड़े छुक-छुक करती तेजी से पटरी पर भागती चली जा रही थी। उधर जीनत की आँखें बन्द थी हालाँकी उनसे सुनहरे भविष्य के सुखद मोती छलक रहे थे।

भरोसा

अरे भाई! पण्डित जगत नारायण का मकान कौन-सा है? जीवनलाल ने एक आदमी से पूछा। अरे वही तो सामने पीला वाला मकान है पण्डितजी का मकान देखते नहीं, कितनी धूम मची है वहाँ! आज उनके लड़के की शादी है। उस आदमी ने मकान की ओर इशारा करके बताया। धन्यवाद भइया! कहकर जीवनलाल मकान की ओर चल दिये। मकान पर पहुँचकर वे धूम-धाम देखते ही रह गये। तभी पण्डितजी ने उन्हें देख लिया। अरे जीवन तुम! कहकर पण्डितजी ने जीवनलाल को गले से लगा लिया। पण्डितजी और जीवनलाल बचपन के मित्र थे। उनकी मित्रता में आज भी वही प्रगाढ़ता थी। पण्डितजी ने आवाज लगाई—जमुना! ओ जमुना। जमुना देवी तुरन्त बाहर आयी—बोली—क्या बात है? क्यों घर सिर पे उठा लिया है। अरे देखो भाई कौन आया है—जीवन भइया आप! बड़े समय से आये हैं, कहकर जमुना देवी ने बड़ी प्रसन्नतापूर्वक उनका अभिवादन किया। जमुना देवी पण्डित जगत नारायण की पत्नी हैं, पण्डितजी की तरह आकर्षक और प्रभावशाली व्यक्तित्व की स्वामिनी।

तभी लाली उधर आयी। लाली पण्डितजी की बड़ी लड़की थी। पण्डितजी के एक लड़की लाली और एक लड़का लाल था। ये दोनों ही उनकी दो आँखें थी। जीवनलाल को देखकर लाली प्रसन्न हो गयी अरे जीवन चाचा आप! बड़ी देर से आये, मैं आपसे नाराज़ हूँ और अकेले क्यों आये? चाची और गुड़िया को क्यों नहीं लाये? उन्हें नहीं ला सका बेटी! गुड़िया की परीक्षा थी और मैं उसे अकेले छोड़ नहीं सकता था। इसीलिए तुम्हारी चाची को भी वहाँ रुकना पड़ा जीवनलाल बोले। अरे जीवन चाचा—लाल एकदम से आया और उनका पैर छूकर उनसे आशीष लिया। आप आ गये, मैं तो आपको बराबर याद कर रहा था। रोज पिताजी से पूछता था कि आप कब आ रहे हैं। अब तो आ गया हूँ बेटे देख लो अब भगाये नहीं भागूँगा जीवनलाल के कहते ही सभी लोग हँस पड़े।

जीवन के लम्बे संघर्षों से जूझते हुए पण्डितजी आज अपने-आपको इस स्थिति में ला पाये थे। उन्हें अच्छी तरह से याद था, जब वे अपने घर से अपना सबकुछ छोटे भाई को देकर चले थे। तो उनके साथ दो चीजें थीं दो सौ रुपया और जमुना। लाली और लाल का तब नामोनिशान भी न था। पिताजी के देहान्त के बाद छोटे भाई और उसकी पत्नी के रोज-रोज के कलह से छुटकारा पाने के लिये उन्होंने अपना सबकुछ उसे दे दिया था और ईश्वर के आसरे अनजान पथ पर निरूद्‌देश्य चल दिये थे।

कस्बे में आकर किसी तरह पहले छोटी-सी नौकरी की थी और धीरे-धीरे अध्ययन करके अच्छा ओहदा प्राप्त किया था। लाली के होने पर वे अपने कार्यालय में सेल्स इन्चार्ज थे और लाल के होने के बाद सेल्स अफ़सर हुए। आज तो वे डिप्टी जी.एम. थे।

लाली को पढ़ाने के पश्चात् उसका अच्छे परिवार में विवाह कर दिया। लाली का पति फौज़ में अफ़सर था। उसके ससुर कर्नल थे। लाली की राजी खुशी जानकर पण्डितजी अत्यन्त सन्तुष्ट थे। बीता साल उनके लिये अच्छा बीता। लाल भी नौकरी पा गया सीधा मैनेजर बना था। वैसे लाल के लिये पण्डितजी के पास पहले से ही शादी के रिश्ते आने लगे थे लेकिन उसकी नौकरी लगने के बाद उनकी संख्या दूनी-तिगुनी हो चुकी थी। लोग बड़े-से बड़ा दहेज देने को तैयार थे। लेकिन पण्डितजी को दहेज का कोई लोभ नहीं था। उन्हें अपने परिवार के लिये एक अच्छी बहू और अपने बेटे के लिये एक आदर्श पत्नी चाहिये थी। जमुना जैसी ही! पण्डितजी अपनी उन्नति का श्रेय काफ़ी हद तक जमुना को देते थे।

इस दृष्टि से उन्हें तथा उनके समूचे परिवार को जया पसन्द आयी थी। जया देखने में जितनी सुन्दर थी उससे कहीं अधिक शीलवान, गुणवती और सुसंस्कृत थी। आख़िर अध्यापक की पुत्री थी। वह भी शहर के प्रतिष्ठित हिन्दी अध्यापक पण्डित कमलापति मिश्र की। जो अपनी कविताओं, अपने अध्यापन और अपने सद्व्यवहार के लिये दूर-दूर तक प्रसिद्ध थे।

आज जया और लाल की शादी थी। लाल के घर से बारात निकलने की तैयारी हो रही थी, तभी जीवनलाल आये थे और उनसे मिलकर पण्डित जगत नारायण, जमुना देवी, लाली और लाल सभी बड़े प्रसन्न हुए थे।

बड़ी धूम-धाम से बारात लड़की वालों के घर पहुँची। लड़की वालों ने भी कोई क़सर बारातियों की ख़ातिर में बाक़ी नहीं रखी। लाल और जया का विवाह एक उल्लास से परिपूर्ण वातावरण में सम्पन्न हुआ।

बारात के लौटने पर जमुना देवी ने सच्ची श्रद्धा से अपने घर की लक्ष्मी की आरती उतारी। बहू ने घर में प्रवेश किया चारों ओर मंगलाचार होने लगे। लाली की खुशी की आज थाह नहीं मिल रही थी, जिधर देखो उधर चहकती हुई लाली ही नज़र आ रही थी। धीरे-धीरे एक दिन बीता, फिर दूसरा और फिर देखते-देखते शादी का कोहराम भरा माहौल सामान्य वातावरण में परिवर्तित हो गया। सभी रिश्तेदार, सम्बन्धी चले गये और अब तो लाली भी जा चुकी थी। शेष रह गये थे पण्डितजी, जमुना देवी, लाल और जया।

लाल की शादी को अब डेढ़ बरस बीत चुका था। लेकिन आज भी उसके विवाह की चर्चा मुहल्ले वाले करते थे। उसकी शादी के ठाठ-बाट की बातें आज भी लोगों से सुनी जा सकती थी। लाली और लाल की शादी के बाद पण्डितजी अत्यन्त प्रसन्न रहते थे। उनको ऐसा लगता था जैसे उन्हें सबकुछ मिल गया हो। फिर क्यों न लगता—गिरधर जैसा काबिल दामाद और जया जैसी गुणवती बहू जो उन्हें मिले थे। इतने दिनों में आज तक पण्डितजी और जमुना देवी को जया से कोई शिकायत नहीं मिली। जया अपने तन-मन से घर की और उनकी सेवा करती थी। चूँकि अभी तक जया की गोद भरी नहीं थी सो पण्डितजी और जमुना देवी की पोते-पोती की लालसा पूरी नहीं हुई थी। फिर भी पण्डितजी ने स्वयं को और जमुना देवी को समझा लिया था। वे अक्सर जमुना से कहा करते थे अभी क्या करोगी पोते-पोती खिलाकर अभी तो हमारे बेटे-बहू के खाने-खेलने के दिन है। उनका जीवन अत्यन्त प्रसन्नतापूर्वक बीत रहा था। किसी बात की किसी को चिन्ता न थी। इन दिनों पण्डितजी अपने आप को संसार का सबसे सुखी व्यक्ति और अपने परिवार को सबसे सुखी परिवार समझ रहे थे। उनके पास सब कुछ था—धन-जन-सन्तोष। अपने भावी जीवन में उन्हें दूर-दूर तक वैभव ही दिखायी दे रहा था जिसकी परिकल्पना निरर्थक न थी, क्योंकि आज तक पण्डित जी ने सुख के बहुत कम अवसर पाये थे। उनके हिस्से में दुख कुछ अधिक ही आया था। लेकिन पण्डितजी को क्या पता था कि विधि ने उनके बारे में क्या-क्या सोचा और लिखा था।

इधर कुछ दिनों से लाल कुछ अनमना-सा रहता था। पूछने पर कोई खास-बात नहीं है! कहकर टाल देता था। जया उसके इस रवैये से दुखी थी। वह खाना भी कम खाने लगा था। जया ने जब डाक्टर के पास चलने की बात की तो लाल ने टाल दिया। कहा—मैं बीमार थोड़े ही हूँ। इधर कुछ दिन से तबियत थोड़ी सुस्त है, दवायें तो ले ही रहा हूँ। तुम घबराओ मत सब ठीक हो जायेगा। लेकिन उसकी हालत

दिनों-दिन गिरती जा रही थी। इसी में पण्डितजी को ऑफ़िस के काम से देहरादून जाना पड़ा, पूरे दस दिन का टूर था।

पण्डितजी की ग़ैर-मौजूदगी में ही एक दिन अचानक रात में लाल की हालत बिगड़ गयी। उसे उल्टी होने लगी और देखते-देखते एक-दो खून की भी उल्टी हुई। जमुना देवी, जया उसके पास ही थीं। फौरन नौकर को बुलाया जया ने उसे टैक्सी लाने को कहा। टैक्सी लेकर वे सीधे अस्पताल पहुँच गये। इमरजेंसी में लाल को भर्ती कराया गया। नौकर तारघर जाकर पण्डितजी को तार कर आया।

तार पाते ही पण्डितजी फौरन चल पड़े। चूँकि वे देहरादून में जीवनलाल के घर पर टिके थे, इसलिये जीवनलाल भी उनके साथ रवाना हो गये। दूसरे दिन जब शाम को पण्डितजी, जीवन लाल के साथ अस्पताल पहुँचे तो लाल ऑपरेशन थियेटर में था। उसकी हालत नाज़ुक थी। जमुना के चेहरे का रंग ही उड़ गया था। बेचारी जया! उसे तो अपनी सुधि तक नहीं थी। एक कोने में बैठी सुबुक रही थी। उसकी सिसकिया स्पष्ट सुनायी दे रहीं थीं। पण्डितजी को देखकर दोनों के सब्र का बाँध टूट गया। जया ने सिसकते हुए कहा—देखिये बाबूजी आपके जाते ही ये क्या हो गया? मेरा कहा नहीं माना उन्होंने और आज... इतना कहकर जया फूट-फूटकर रोने लगी। पण्डितजी ने उसे धीरज बँधाया। कुछ नहीं होगा बेटे! अब तुम बिल्कुल मत घबराओ! देखो मैं आ गया हूँ। जीवन भी मेरे साथ आया है, मत रोओ बेटे चुप हो जाओ। इतना कहते-कहते उनकी आँखें अपने आप ही भर आयी थी। उनमें आँसू स्पष्ट रूप से झलक रहे थे। इसके बाद उनका ध्यान जमुना की ओर गया, वह भी रो रही थी। पण्डितजी ने उन्हें सम्बोधित करते हुए कहा—पगली रो रही हो! देखना! जल्दी ही तुम्हारा लाल ठीक हो जायेगा! डॉक्टर कर तो रहे हैं उसका इलाज। तुम तो बहुत बहादुर हो जमुना! तुम अब आगे मत रोना! नहीं तो मुझे कौन सम्हालेगा। हर हाल में तुमने ही मुझे सम्हाला है! अब खुद गिर रही हो, पोछो ये आँसू, नहीं तो मैं भी चिल्ला-चिल्ला कर रोऊँगा! तब चुप कराना मुझे! हाँ नहीं तो, ये कहते-कहते उनका गला भी भर आया।

पण्डितजी सबको तो दिलासा दे रहे थे परन्तु उनका हृदय अन्दर-ही-अन्दर धीरे-धीरे बैठता जा रहा था। उन्हें ऐसा लग रहा था कि अब हृदय अपना स्पन्दन बन्द कर देगा। वे जीवन लाल के कन्धे पर हाथ रखे हुए न जाने क्या-क्या सोच रहे थे। तभी ऑपरेशन थियेटर का दरवाजा खुला। डॉक्टर घोष उससे बाहर आये और बोले पण्डितजी बधाई हो आपका लाल अब खतरे से बाहर है। घबराने की

कोई बात नहीं है। हाँ, ऑपरेशन कठिन था और पेचीदा भी। पण्डितजी ने डबडबाई आँखों से पूछा—लेकिन, डॉक्टर साहब मेरे बच्चे को हुआ क्या था? डॉक्टर घोष ने कहा— उसे जौनडिस का हल्का-हल्का असर हो रहा था और उसके लीवर के पास एक एपसिस बन गया था। जो आगे बड़ी समस्या खड़ी कर सकता था। कल जब लाल यहाँ दाखिल हुआ तो उसे साँस लेने में काफ़ी समस्या हो रही थी—खून की उल्टियाँ उसे इसलिये हुए थी। जब वह उल्टी कर रहा था तो उसका पेट एकदम खाली था, इसलिये उसके फेफड़ों और हृदय पर जोर पड़ा। वैसे कुछ भी रहा हो! अब आप बिल्कुल न घबराये, आपका लाल एकदम दुरूस्त है। उसे अभी आई.सी.यू. में रखेंगे फिर रूम में शिफ्ट कर देंगे। अच्छा मैं चलूँ। इतना कहकर डॉक्टर घोष आगे बढ़ गये और जया से बोले जाओ जया ओर लाल से मिल लो, यों आँसू मत बहाओ! जओ, सिलीगर्ल! देखते-देखते डॉक्टर घोष नजरों से ओझल हो गये। डॉक्टर के जाने के बाद जमुना बोली—ये डॉक्टर नहीं देवता है। आज इन्होंने मुझ पर बहुत बड़ी कृपा की है। हम इनकी नेकी कभी नहीं भूलेंगे। चलो लाल के पास चलें।

आई.सी.यू. से लाल को कमरे में तब शिफ्ट किया गया जब वो काफ़ी बेहतर हो गया। फिर क्या! लाल के कमरे में पहुँचकर सभी ने उसे घेर लिया। लाली को भी तार देकर बुला लिया गया था। लाली और गिरधर अभी कुछ देर पहले ही आये थे। लाल को देखकर लाली रोने लगी और बोली तुम्हें कुछ हो जाता तो मैं क्या करती लाल। जया का क्या होता और अम्मा-बाबूजी—ये तो जीते-जी ही मर गये होते। भगवान का शुक्र है कि तुम बच गये। मैं जब घर से चली थी, तभी से तुम्हारी नेकी ही भगवान से मना रही थी। गिरधर ने लाली का हाथ दबाकर कहा, कम बोले लाली! तुम ओवर इमोशनल हो रही हो। जीवन लाल ने माहौल को हल्का करने के लिए लाली से चुटकी ली! इसीलिये बिलखती हुई आयी थी? क्यों लाली। मैं तो तुम्हारी हाय-तौबा से तुम्हारे लिए हनुमान चालीसा पढ़ने लगा था। अच्छा स्टेमिना है तुम्हारे पास रोने का! हटिये चाचाजी! आप यहाँ भी मज़ाक़ करने लगे! तो क्या करूँ रोऊँ तुम्हारी तरह! सबको और डराऊँ! जीवन लाल ने मुस्कुरा कर लाली को जवाब दिया। इससे सभी लोग मुस्कुरा दिये, वातावरण थोड़ा सामान्य हुआ। इस प्रसन्नता के क्षण में डॉक्टर घोष के आने की आहट किसी को नहीं मिली। उन्हें सबसे पहले जया ने देखा कि वे कोने में खड़े हैं। वो गयी और उसने डॉक्टर साहब के पैर छुए और बोली आप इन्सान नहीं डॉक्टर साहब! साक्षात् भगवान हैं। मेरे सुहाग को बचाकर आपने अब मुझे अपना भक्त बना लिया है। हमारा शेष

जीवन आपका ऋणी रहेगा। डॉक्टर ने जया की बात काटते हुए कहा—नहीं जया! ये पण्डितजी और भाभीजी के सत्कर्मों का फल है। मैं पिछले पन्द्रह वर्षों से इन्हें देख रहा हूँ, आजतक इन्होंने कोई भी कार्य मानवता के विपरीत नहीं किया। कभी लालच नहीं किया। किसी के दिल को नहीं दुखाया। हमेशा सबकी मदद की। ऐसे आदमी को भगवान कैसे निराश कर सकता था। ये सच है कि जब लाल यहाँ आया था तो उसके बचने की उम्मीद कम थी? पर मुझे ईश्वर की कृपा पर इतना भरोसा था कि वह पण्डितजी जैसे अतिसज्जन व्यक्ति के सत्कर्मों का फल इनके लड़के के जीवन को समाप्त करके नहीं देगा! बल्कि लाल को जीवनदान देकर देगा। ईश्वर इतना निष्ठुर नहीं है, आख़िर हम सबको उत्पन्न किया है उसने। उसी ने आज मनुष्य को देवताओं की समता करने वाली बुद्धि दी है, जिसके दम पर मानव-महामानव हो गया है। वह न्यायाधीश हमारे कर्मों के अनुसार हमें फल देता है। लाल मर भी सकता था? वह इसे मार भी सकता था? लेकिन उसने ऐसा नहीं किया! क्योंकि वह पण्डितजी जैसे सत्पुरुष को कष्ट कैसे दे सकता था! वो भी इस बुढ़ापे में! जीवन भर का कष्ट! मुझे आज अपनी लिखी हुई कुछ पंक्तियाँ सार्थक प्रतीत हो रही हैं -

"कर्मफल भोगे बिना जग से नहीं जायेगा तू।
आज जो करता है कल वो सामने पायेगा तू।।"

अपनी बात कहकर डॉक्टर घोष सबसे बोले, आइए! हम सभी बाहर चले और लाल-जया को अकेले छोड़ दें। इन्हें फिलहाल एक-दूसरे की ज़रूरत है। सभी बाहर निकल गये तो जया ने लाल की हथेली पर अपनी हथेली रखी और एक गहरी लम्बी साँस लेकर कहा—हे प्रभु... दोनों की आँखों में खुशी के आँसू थे।

क्या मिला

प्रेमबाबू एक छोटे से परिवार के स्वामी थे। उनके परिवार में उनकी पत्नी रमा और पुत्र देवेन्द्र के अलावा और कोई न था। रमा एक सभ्य और सुशील रमणी थी। पिछले पच्चीस वर्ष के वैवाहिक जीवन में प्रेमबाबू को रमा से कभी कोई शिकायत पेश नहीं आयी थी। देवेन्द्र प्रेमबाबू का एक मात्र लाडला बेटा था। जहाँ एक ओर प्रेमबाबू देवेन्द्र को देख-देख निहाल होते थे वहीं दूसरी ओर रमा भी अपने लाल पर सबकुछ न्यौछावर करती थीं। ले-देकर प्रेमबाबू यही अनुभव करते थे कि वे इस संसार के सबसे सुखी व्यक्ति हैं। किन्तु उनके सबसे सुखी होने का यह तात्पर्य नहीं था कि उन्होंने जीवन में कभी कोई दुख देखा नहीं था। बचपन से लेकर 40 वर्ष की इस अवस्था तक, उनके जीवन में न जाने कितने उतार-चढ़ाव आये लेकिन उन्होंने कभी हिम्मत न हारी और न ही ईश्वर का विश्वास छोड़ा। विवाह होने के बाद तो उनके जीवन के सारे कष्ट दूर हो गये। रमा ने प्रेमबाबू के सूने जीवन में आकर उसमें बासंती शोभा और श्रावणी हरियाली सजा दी थी।

पाँच वर्ष पहले जब प्रेमबाबू के पिताजी का शरीरशान्त हुआ था तो प्रेमबाबू एकदम टूट गये थे। उन्हें यही एहसास हो रहा था कि वे अपने शहरी और ग्रामीण जीवन से एक साथ सम्पर्क न बना सकेंगे। प्रेमबाबू शहर में रहते थे और एक अच्छी कम्पनी में मैनेजर थे और उनके पिताजी गाँव की खेती-बारी कराते थे। देवेन्द्र तब हाईस्कूल में पढ़ता था। ऐसी स्थिति में उन्हें यही आभास होता था कि उन्हें अपनी मातृभूमि के लगान के कारण शहर छोड़ना पड़ेगा। इसका प्रमुख कारण यह था कि प्रेमबाबू अपने गाँव की पुश्तैनी जायजाद किसी कीमत पर छोड़ना नहीं चाहते थे। ऐसी विषम-परिस्थिति में रमा ने बड़ा ही साहसपूर्ण निर्णय लिया था। उसने प्रेमबाबू से स्वयं ग्रामीण सम्पत्ति सम्हालने की बात कही थी और देवेन्द्र और प्रेमबाबू को शहर में छोड़कर स्वयं गाँव चली आयी थी।

आज से कुछ दिन पूर्व प्रेमबाबू देवेन्द्र को लेकर गाँव आये थे। देवेन्द्र अब ग्रेजुएट हो गया था और अच्छी नौकरी करने लगा था। रमा और प्रेमबाबू तो अब देवेन्द्र के विवाह के स्वप्न भी देख रहे थे। रोज पति-पत्नी में इस विषय पर तरह-तरह की चर्चा होती, लेकिन देवेन्द्र इस विषय में सामान्य रहता। वह अपनी शादी की बात पर कभी कोई क्रिया-प्रतिक्रिया नहीं करता। माँ-बाप को उसका यह मौन एक सीमा तक अच्छा लगता था लेकिन कभी-कभी वे देवेन्द्र की इस खामोशी से शोकग्रस्त हो उठते थे। उन्हें बार-बार यही लगता था कि कहीं वे देवेन्द्र के साथ ज्यादती तो नहीं कर रहे हैं। प्रेमबाबू ने जब रमा को बताया कि पिछले लगभग छ: महीनों से देवेन्द्र कुछ अस्वस्थ रहता है, कुछ अनमना सा रहता है। तो रमा उन पर बरस पड़ी और बोली—आपने मुझसे पहले यह बात क्यों नहीं बताई कि देवेन्द्र की तबियत खराब थी। इधर भी वह जबसे आया है तबसे बहुत सुस्त रहता है। उसके चेहरे की वो पुरानी शोभा भी अब धीरे-धीरे धूमिल होती जा रही है। न जाने क्या हो गया है मेरे लाल को? यह कहकर वह रो पड़ी। प्रेमबाबू उसे समझाते हुए बोले, तुम तो थोड़ी-सी बात पर घबरा जाती हो—अरे! देवेन्द्र तुम्हारा लाडला है तो मुझे भी उतना ही अजीज है। मैं उसका इलाज शहर के बड़े प्रतिष्ठित डॉक्टर से करवा रहा हूँ! कुछ जाँचे भी हुई हैं जिनकी रिपोर्ट लेने मैं परसो शहर जाऊँगा! तुम नाहक परेशान होती हो, कुछ नहीं होगा तुम्हारे देवेन्द्र को।

ठीक तीसरे दिन प्रेमबाबू शहर की ओर रवाना हो गये। डॉक्टर वर्मा के क्लीनिक पर जब उन्हें डॉक्टर वर्मा ने देवेन्द्र की रिपोर्ट बताई तो वे हक्का-बक्का हो गये। उनकी आँखों के आगे अँधेरा छाने लगा। डॉक्टर वर्मा ने प्रेमबाबू को बताया कि देवेन्द्र की जाँच से यह बात स्पष्ट है कि उसे कोई गहरा सदमा पहुँचा है और वह अन्दर ही अन्दर घुल रहा है ऐक्यूट डिप्रेशन में है वो। आपके लिए यही उचित होगा कि आप उसे किसी रमणीय स्थल पर ले जायें। यदि आप चाहें तो उसे शिमला ले जा सकते हैं! वहाँ मेरे एक बहुत अच्छे मित्र रहते हैं! सौभाग्य से वे अच्छे फिजिशियन तो हैं ही, साथ-साथ नामी मनो चिकित्सक भी हैं। वे देवेन्द्र को ठीक करने में अवश्य सफल होंगे। मैं उन्हें एक पत्र लिख देता हूँ! वे आपकी पूरी मदद करेंगे।

देवेन्द्र की रिपोर्ट लेकर जब प्रेमबाबू मुरझाये हुए चेहरे के साथ घर आये तो उन्हें देखकर रमा व्यथित हो उठी। अपने सारे काम-काज छोड़कर वह प्रेमबाबू के पास जा बैठी और पूछने लगी—क्या बताया डॉक्टर वर्मा ने, मेरा देवेन्द्र ठीक तो है न? कहीं उसे कोई घातक बीमारी तो नहीं हो गयी? वह इतना कह भी नहीं पायी

थी कि प्रेमबाबू ने उसके मुँह पर हाथ रख दिया ओर सजल नेत्रों से बोले—अपना देवेन्द्र ठीक है। डॉक्टर ने बताया है कि वह एकदम ठीक हो जायेगा! बस उसे स्थान परिवर्तन की आवश्यकता है। हम उसे शिमला ले जायेंगे! जल्दी से जल्दी। रमा ने अपने आँसू पोछते हुए पूछा—कितना खर्चा आयेगा? हमारे देवेन्द्र के इलाज में। प्रेमबाबू बोले—यही कोई दस हजार के लगभग। इतनी बड़ी रकम हम कहाँ से लायेंगे जी! रमा ने प्रश्न किया। कहीं से भी लाना पड़े! खेत बेचने पड़े! या खुद को गिरवी रखना पड़े! लेकिन देवेन्द्र का इलाज तो कराना ही है—तुम परेशान मत हो! मैं हूँ न... प्रेमबाबू अपनी बात किसी प्रकार से पूरी ही कर सके थे कि उन्होंने अपना मुँह ढक लिया। प्रेमबाबू असली बात रमा से छिपा गये। लेकिन अन्दर ही अन्दर घुलने लगे कि ये सच आख़िर कितने दिन तक मैं रमा से छिपा पाऊँगा? आज नहीं तो कल उसे सबकुछ पता चल ही जायेगा। तो वे रमा से क्यों फरेब करें? ये सारी बातें विधिवत सोचकर, रात के खाने के बाद जब रमा उनके पास आयी तो उन्होंने रमा से कहा—सुनती हो, अब तक हमनें बहुत सुख किया है। लेकिन अब शायद हमें ऐसा सुख न मिले। रमा कुछ बिगड़कर बोली—क्या बहकी-बहकी बातें कर रहे हो। चुपचाप सो जाओ—मर्द होकर इतने अधीर हो रहे हो? मेरे दिल से पूछो मैं तो देवेन्द्र की माँ हूँ। लेकिन प्रेमबाबू अपने निश्चय के पक्के थे। उन्होंने डॉक्टर वर्मा की सारी बातें रमा को बता दी और यह भी कहा कि अब हम देवेन्द्र को यहाँ से लेकर कहीं दूर चले जायेंगे! पहले मैं जाकर शिमला में कुछ दिन रह लूँगा। फिर देवेन्द्र के कुछ ठीक होते ही तुम्हें लेने चला आऊँगा। मैंने अपने ऑफ़िस में लोन की अर्जी दे दी है वह मंजूर भी हो गयी है। फिर आम के बाग भी बेच दिये हैं। लगभग दस हजार रुपयों की व्यवस्था हो गयी है। मैं अगले सप्ताह देवेन्द्र को लेकर शिमला चला जाऊँगा। तुम बिल्कुल दुखी मत होना! मैं सब ठीक कर लूँगा।

इधर देवेन्द्र को अपने माँ-बाप की चिन्ता के सारे कारण ज्ञात हो गये थे। यह बात देवेन्द्र भी जानता था कि सुधा से बिछुड़ने का उसे जबर्दस्त सदमा लगा है और वह डिप्रेशन में है। लेकिन वह कर भी क्या सकता था? प्रेमी, प्रायः विवश जो होते हैं। सुधा देवेन्द्र की क्लासमेट थी, बी.ए. में दोनों एक साथ पढ़ते थे। देखते-देखते दोनों एक-दूसरे के बड़े निकट आ गये और साथ-साथ जीने-मरने के वादे भी कर टाले। प्रेम के परवान चढ़ने से पहले ही सुधा अकारण बिना देवेन्द्र से मिले हास्टल छोड़कर चली गयी। देवेन्द्र ने उसे बहुत तलाश किया लेकिन वह नहीं मिली। हास्टल की कुछ लडकियों ने देवेन्द्र को यह बताया कि सुधा के घर से कोई तार

आया था! लेकिन सुधा ने किसी को कुछ भी नहीं बताया और चुपके से चली गयी। देवेन्द्र सुधा का इस तरह एकाएक जाना बर्दाश्त न कर सका और इस मामले में स्वयं को दोषी समझ बैठा। सुधा के जाने से एक दिन पहले दोनों में थोड़ी बहुत नोंक-झोंक हुई थी—शादी के बाद के जीवन को लेकर। सुधा शादी के बाद नौकरी करना चाहती थी और देवेन्द्र को यह ना-गंवार था। अपनी ग़लती महसूस करने में देवेन्द्र को देर हुई, उसने सुधा के साथ बुरा सुलूक किया, भविष्य में उसे सुधा मिलेगी या नहीं? यही सारे सवाल पिछले छः महीनों से देवेन्द्र को परेशान कर रहे थे और देवेन्द्र की आज की हालत के जिम्मेदार थे। जबसे शिमला जाने की बात हो रही थी देवेन्द्र को सुधा बहुत याद आ रही थी क्यों आ रही थी? इसका कारण वह न जान सका था। देवेन्द्र अत्यन्त दुर्बल हो गया था! बिना सहारे के वो क़दम दोकदम चल नहीं सकता था। लेकिन फिर भी प्रेमबाबू उसे शिमला ले जाने में ही अपना भला समझ रहे थे।

देखते-देखते वो दिन भी आ गया, जब देवेन्द्र को लेकर प्रेमबाबू शिमला रवाना होने वाले थे। सारे गाँव के लोग उन्हें विदा करने आये थे। रमा भी स्टेशन तक आयी थी और उसने रोते-रोते यह कहा था—"सुन लो जी, मैं अपने लाल को हँसता-खेलता देखना चाहती हूँ! किसी भी कीमत पर।" प्रेमबाबू को गाँव के स्टेशन से ट्रेन पकड़कर शहर जाना था! फिर शहर से शिमला की गाड़ी पकड़नी थी। ट्रेन में देवेन्द्र कुछ प्रसन्न था! उसे इतने दिनों बाद ख़ुश देखकर प्रेमबाबू की आँखे छलछला उठीं। देवेन्द्र जिद करके खिड़की की ओर बैठा। उसे सुधा की मनोहारी स्मृति फिर याद हो आई। ख्यालों में खोये-खोये कब शहर आ गया उसे कुछ पता न चला। शहर के स्टेशन के मुसाफ़िर खाने में जाते समय अचानक देवेन्द्र को गश आ गया, वह प्रेमबाबू के हाथों में निढाल हो कर गिर पड़ा। देखते-ही-देखते सारे प्लेटफार्म के लोग वहाँ इकट्ठा हो गये और देवेन्द्र को मुसाफ़िर खाने में लाया गया। मुसाफ़िर खाने में देवेन्द्र को जब होश आया तो रात्रि हो चुकी थी, देवेन्द्र ने आँखे उठाकर देखा तो उसे कुछ अच्छा महसूस हुआ। अपने पिताजी से उसने पूछा—पिताजी मुझे क्या हो गया था? प्रेमबाबू डबडबाई आँखों से बोले कुछ नहीं बेटा? इतने में एकाएक स्टेशन पर घोर अँधेरा छा गया! बत्ती गुल हो गयी। थोड़ी देर बाद एक चपरासी हाथ में दो लैम्प लिए हुए आया उसने एक लैम्प बाहर के कमरे में रख दिया और एक भीतर जनाने कमरे में। लैम्प की रौशनी में देवेन्द्र ने देखा कि जिस कमरे में वह है, उसमें चार पलंग हैं। उसने अनुमान लगाया कि अन्दर वाले जनाने कमरे में भी चार

पलंग होंगे? लैम्पवाले चपरासी ने प्रेमबाबू को बताया कि अब बत्ती सवेरे ही आयेगी क्योंकि स्टेशन का ट्रांसफार्मर खराब हो गया है। यह कहकर वह बाहर चला गया। उसके बाहर जाते ही एक कुली कुछ सामान लेकर अन्दर आया और जनान खाने की ओर चला गया। कुली के पीछे दो महिलायें थी! एक लगभग 45 वर्ष की और दूसरी लगभग 22 वर्ष की थी। अधेड़ महिला ने कुली से कहा सामान यहाँ ठीक से रख दो। कुली ने जी मेम साहब कहकर सामान भीतर वाले कमरे में सलीके से रख दिया और बाहर आ गया तथा पलक झपकते चला भी गया। थोड़ी देर बाद महिला की आवाज फिर देवेन्द्र ने सुनी, वो लड़की से कह रही थी! सुधा तुम यहीं ठहरो मैं अपनी ट्रेन का पता लगाकर अभी आती हूँ? फिर लड़की की आवाज सुनाई दी जी! और महिला भीतर से बाहर की ओर चली गयी। लड़की को देखकर देवेन्द्र चौंका था फिर लड़की की आवाज सुनकर उसे यह विश्वास हो गया कि यह लड़की सुधा ही है। लेकिन कमजोरी के कारण वह न तो सुधा को आवाज दे सका और न ही उसके पास तक जा सका। पुरुषों वाले कक्ष में दो अजनबी अभी कुछ देर पहले आये थे। वे दोनों बदमाश से लग रहे थे। न जाने क्यों सुधा के आने के बाद देवेन्द्र उन बदमाशों की ओर से भयभीत होने लगा था। इतने में उन अजनबियों में से एक ने कहा—यार लड़की है बड़ी शानदार। मगर दूसरी औरत बड़ी तेज लग रही है। दूसरे अजनबी ने कहा अच्छा चुप रहो और सो जाओ! तुम्हें ज़्यादा चढ़ गयी है! लग रहा है। सुनो कोई बदमाशी मत करना। जब देखो तब लड़कियों के पीछे कोई-न-कोई आफ़त मोल ले लेते हो। दूसरा अजनबी बोला क्या करूँ भाई बड़ी जबरदस्त माल है छोटी वाली। मैं कोशिश करूँगा खुद को रोकने की। पर गारंटी नहीं दूँगा। समझे! पहला अजनबी बोला ठीक है-ठीक है। अब सो भी जाओ, मेरे भाई। उनकी बातों से स्पष्ट था कि वे आपस में परिचित थे और शराब के नशे में थे।

रात्रि और गहरी हो चुकी थी। स्टेशन की घड़ी ने टन-टन करके दो बजने की घोषणा की। महिलाकक्ष से बाहर निकलते समय वह अधेड़ आयु वाली महिला बोली थी, सुधा मुझे आने में थोड़ी देर हो जायेगी! अपना ख्याल रखना। यह सुनकर देवेन्द्र और अधीर एवं चिन्तित हो गया। उसका मन कहने लगा कि वह अन्दर जाये सुधा के पास लेकिन शरीर इस बात की इजाजत नहीं दे रहा था।

यह क्या? उसने देखा कि महिला के जाते ही उन दोनों अजनबियों में से दूसरा वाला तेजी से उठा और चाकू खोलते हुए जनान-खाने की ओर चल दिया। प्रेमबाबू और वह पहला अजनबी दोनों गहरी नींद में सो रहे थे और देवेन्द्र स्वयं को असहाय जानकर छटपटा रहा था। इसी दर्मियान जनान-खाने के दरवाजे के बन्द होने की

आवाज आयी और खिड़की के शीशे से लैम्प की रौशनी गुम हो गयी। उधर लैम्प बुझा और इधर देवेन्द्र निढाल होकर एक ओर लुढ़क गया।

अगले दिन भोर में मुसाफ़िर खाने में अच्छी खासी भीड़ थी, दोनों महिलाएँ और दोनों गुण्डेनुमा अजनबी जा चुके थे। रात की घटना का किसी को कोई इल्म नहीं था और ना ही उसका कोई चश्मदीद गवाह वहाँ था। मुसाफ़िर खाने में प्रेमबाबू और अचेत देवेन्द्र बस दो ही मुसाफ़िर थे। प्रेमबाबू दहाड़े मारकर रो रहे थे उनका दुख बँटाने वाला कोई नहीं था। वे बार-बार यही कह रहे थे कि मैं अब रमा को कैसे मुँह दिखाऊँगा। देवेन्द्र अचेत था पर उसकी साँसे चल रहीं थीं! शायद कोमा जैसी हालत में था वो। भीड़ में से ही किसी ने एम्बुलेंस को फोन कर दिया था और एम्बुलेंस में लोग अचेत देवेन्द्र को लाद रहे थे, एक दो आदमी प्रेमबाबू के साथ एम्बुलेंस में चढ़ गये थे और उन्हें लगातार सांत्वना दे रहे थे।

रमा, प्रेमबाबू, देवेन्द्र और सुधा एक साथ चार-चार जिंदगियों को कोमा जैसी हालत में पहुँचाकर, महज अपनी क्षणिक वासना की संतृप्ति से उस दूसरे अजनबी को कौन-सा खजाना मिला होगा? ये तो वही जानता होगा। जहाँ तक वासना की सन्तुष्टि की बात की जाए? तो वासना की भूख जीवनभर के भोग से भी संतृप्त नहीं होती। उस गुण्डेनुमा दूसरे आदमी को अँधेरी रात के कुकृत्य में क्या मिला होगा? कौन से परमानन्द का उसे साक्षात्कार हुआ होगा ये या तो वो ही जान सका होगा या फिर ईश्वर? प्रेम बाबू की उम्मीद की एम्बुलेंस अस्पताल की ओर नीली बत्ती जलाती सायरन बजाती चली जा रही थी।

ऐसे थे सर मारिस

शहर के नामी कॉलेजों में से था 'जीसस डिग्री कॉलेज'। सर मारिस इस कॉलेज के सब कुछ थे। यह उनकी मेहनत का ही फल था जो आज सारे शहर के लोग यही चाहते थे कि उनके बच्चे 'जीसस डिग्री कॉलेज' में ही पढ़े।

एक छोटी-सी ईसाई मिशनरी के रूप में उन्होंने इस शिक्षा संस्थान की नींव डाली थी, जो आज दूर-दूर तक अपनी पढ़ाई और अनुशासन का सामी नहीं रखती थी। अपने लक्ष्य के लिये सर मारिस ने क्या-क्या नहीं किया, क्या कुछ नहीं सहा। संघर्षों का सामना करते-करते उनका व्यक्तित्व निखर गया था। उनसे बात कर लेने के बाद हर व्यक्ति उनसे प्रभावित हो जाता था। यह आकर्षण इतना प्रबल होता था कि उसे अपनी सुधि भी नहीं रहती थी। आज उनके पढ़ाये हुए लड़के समाज में उच्च प्रतिष्ठा एवं पद प्राप्त कर चुके थे। वे सभी अपनी उन्नति का श्रेय 'सर मारिस' को ही देते थे। विद्यार्थियों का कहना था कि 'सर मारिस' जीजस क्राइस ही हैं। ऐसे सर मारिस के परम मित्र फादर जार्ज आजकल उनका शहर और उनका कॉलेज घूमने आये थे।

जॉन, पॉली, बिली, विलयम, माइकल सभी जीजस डिग्री कॉलेज के छात्र थे। जॉन, पाली, माइकल अपने तीन साला ग्रेजूऐशन के दूसरे साल में थे। विली उनसे एक साल पीछे थी। और विलयम उसी की कक्षा में पढ़ता था। सबके अपने-अपने रिजल्ट भी निकल गये थे और वे सब पास हो गये थे। जॉन इन सभी में पढ़ने में सबसे तेज था। कॉलेज के सभी टीचर उसे बहुत मानते थे। पिछली बार जॉन को बहुत अच्छे नम्बर मिले थे। उसे उम्मीद थी कि इस बार उसके नम्बर पहले से भी अच्छे होंगे। लेकिन मार्कशीट देखकर जॉन एकदम सन्नाटे में आ गया। उसके नम्बर बहुत कम थे लगभग 56%। जॉन के सभी दोस्त उसके नम्बर जानकर अत्यन्त दुखी हुए। उसके प्रतिद्वन्द्वियों में पीटर बहुत ख़ुश हुआ। उसे लगा कि उसने बाजी अब

मार ली है। विली जॉन के नम्बर देखकर बहुत दुखी हुई फिर भी उसने जॉन को हिम्मत बँधाई वो बोली—कोई बात नहीं फिर मेहनत करो तुम्हारे अच्छे नम्बर ज़रूर आयेंगे। जॉन ने उदास होकर कहा—क्यों झूठा सपना दिखाती हो विली। अब मेरी फर्स्ट डिवीजन आनी असम्भव है। विली ने कहा तो क्या पढ़ाई ही छोड़ दोगे। इस तरह हिम्मत न हारो! आख़िरी साल है! एडमिशन ले लो! देखा जायेगा ऐसे हताश मत हो। जॉन ने विली, विलयम, माइकल और अपने कुछ दोस्तों के कहने पर आखिरी साल में अपना नाम लिखवा लिया।

आज आखिरी साल की कक्षा का पहला दिन था। सौभाग्य से आज 'सर मारिस' विद्यार्थियों को सम्बोधित कर रहे थे। उनके मित्र फादर जार्ज भी उनके साथ मंच पर उपस्थित थे। विद्यार्थियों को सम्बोधित करते हुए मारिस की नज़र सामने बैठे जॉन पर पड़ी। उन्होंने पूछा हैलो जॉन कैसी परसेन्टेज रही। जॉन दुखी होकर बोला—सर मैंने बहुत कम नम्बर पाएं हैं! मैं अब बिल्कुल निराश हूँ! इक्जामनर ऐसे हमारी कापी से खिलवाड़ करेंगे, मैंने सपने में भी नहीं सोचा था। सर मारिस ने कहा—कोई बात नहीं बेटे कभी-कभी ऐसा हो जाता है। बुरा समय सब पर आता है। मुझे ही देखो आज सारे शहर में मेरी चर्चा है—लेकिन ये कोई नहीं जानता के मैं तुम्हारी वाली क्लास में फेल हो गया था। फिर मैंने मेहनत की देखो आज सफलता म़िली के नहीं। इस तरह घबड़ाने से कुछ नहीं होगा। हौसला रखो! फिर से जमकर पढ़ो! मुझे उम्मीद है, तुम्हें ज़रूर कामयाबी मिलेगी और मैं तुम्हें यहीं इसी हॉल में मैडिल दूँगा। Carry on my son. I hope you will get the merit. इतना कहकर सर मारिस अपने वक्तव्य में फिर से लग गये। ये बाते सुनकर जॉन का हौसला दूना-चौगुना हो गया। वह सीधे घर आया और नये उत्साह से पढ़ाई में जुट गया। उसने अपनी मम्मी से कहा, मम्मी सर मारिस तो फेल होकर फर्स्ट आये! मेरे तो नम्बर ही कम आये हैं। इधर फादर जार्ज ने सर मारिस से कहा, मारिस तुमने झूठ क्यों बोला, मैं तो तुम्हारे साथ बहुत अर्से से हूँ और मैं जानता हूँ तुम आज तक कभी फेल नहीं हुए हमेशा अव्वल रहे फिर ये क्यों—सर मारिस ने मुस्कुराकर कहा—जार्ज बच्चों को हौसला देने के लिये, उन्हें दिलासा देने के लिये अगर मुझे ऐसे झूठ हर पल बोलने पड़े तो मैं संसार का सबसे बड़ा झूठा बनने को तैयार हूँ! उनसे मुझे जो खुशी मिलेगी वो शायद मैं कहीं भी कभी नहीं पा सकूँगा। फादर जार्ज मुस्कुराए और बोले तुम भी मारिस जाने क्या-क्या करते रहते हो? खैर मैं कल जा रहा हूँ। इस बार तुम हमारे यहाँ आना! फादर जार्ज को गये अरसा हुआ और इधर

कुछ ऐसा हुआ कि मारिस को उनकी याद आ गयी। जॉन की मेहनत कामयाब हुई और वह अव्वल आया। शहर के अखबारों में उसकी फोटी छपी। सर मारिस बहुत ख़ुश हुए और उन्होंने एक अखबार की कटिंग फोटो सहित सर जॉर्ज को भेज दी और मैसेज लिखा देखो जार्ज मेरे झूठ की सच्ची तस्वीर! और फिर शाम की प्रार्थना की तैयारी में लग गये।

भुरकी का स्वैग

भुरकी आज घर बनाने में जुटी हुई है। कल देर रात तक सड़क के किनारे से अद्धे-पुर्रे (आधी-पूरी ईंटें) बटोरती रही, जब इत्मिनान हो गया कि अब ईंटें कम नहीं पड़ेंगी तब सोयी। सोयी क्या? रात भर सोचती रही—उस बीते हुए सुनहरे अतीत के बारे में जो शायद हर जवान लड़की का होता है। जब उसे हर कोई घर बसाने का आश्वासन दे कर आमन्त्रित करता और वह अक्सर उस आमन्त्रण को भ्रमवश स्वीकार कर लेती। जो तनिक अकलमन्द लड़कियाँ होती हैं, वह ऐसे आमन्त्रण का व्यवहार जल्दी देकर घर की राह लेती हैं और जो कुछ ज़्यादा पाने का लालच करती हैं वे कुछ ज़्यादा खोकर चेतती हैं। भुरकी भी उन्हीं कुछ ज़्यादा पाने की लालसा रखने वाली (पर अपनी नज़र में प्रसन्न सन्तुष्ट) लड़कियों में है। ये नाम कब और कैसे पड़ा? ये इतिहास तो भगवान जाने, पर जब पहली बार घुरहू ने उसे हसरत भरी निगाहों से घूरते हुए अपने एक मित्र लाला से कहा था, तो यही भुरकी है! तो ये बात भुरकी को अटपटी लगती हुई भी कुछ अच्छी लगी थी कि चलो कम से कम लड़कों की नज़र मुझ पर रहती तो है! फिर क्या था, घुरहू ने भुरकी से प्यार किया, वादे किये, दोनों ने साथ-साथ पिक्चर देखी, चाट खाई, ढेर सारा वक्त एक दूसरे के साथ बिताया। हमपियाला-हमनिवाला हुए। सिलसिला कुछ दिन चला। फिर एक दिन खटपट हो गयी! घुरहू अपनी राह चलता बना और भुरकी ने अपना रास्ता लिया। न कोई गम न फिकर। "जब तक जवानी है ऐश कर लीजिए, जितना भी मिल सके कैश कर लीजिये।" यही तो भुरकी ने सीखा था अपनी गंदी बस्ती की दीदियों-भाभियों से। घुरहू के बाद चन्दर आया फिर असफी, पर भुरकी का मिजाज़ वही रहा—खाना-पीना ऐश करना। तभी किसी से उसकी नहीं निभ सकी। आख़िर वो क्यों किसी से निभाती 20वीं सदी की जवान लड़की थी, वो भी गन्दी बस्ती वाली।

देखने में साँवली, ठिगनी ज़रूर थी पर अपनी नज़र में नूरजहाँ थी। फिर उसे जहाँगीरों की कमी थोड़े थी।

लेकिन ये सिलसिला कब तक चलता? हर कहानी का एक अन्त होता है? हर नदी कभी न कभी-कहीं न कहीं सागर से ज़रूर मिलती है—सो भुरकी की शादी भी किसन कनेड़िल से हो गयी। किसन को एक आँख में सफेद फुल्ली (माड़ा) थी। बचपन से ही लोगों ने उसे यही नाम दे दिया था। फिर वो भी था तो भुरकी का ही समाजी। खुद को हीरो समझता था (भले औरों के लिये जीरो ही क्यों न हो)। गृहस्थी बन गयी, तो चलनी तो थी ही। पाँच साल में तीन बच्चे हो गये! किसन का रिक्शा धीरे-धीरे खड़खड़ा हो गया। भुरकी आस-पास की कोठियों को न सम्हालती, चूल्हा-चौका झाड़ू-पोछा न करती तो गृहस्थी कब की बैठ गयी होती! पर भुरकी के रहते ऐसा कैसे हो सकता था। आख़िर उसकी भी कोई ठसक थी आसपास की सोसाइटी में! गाड़ी आज भी शादी के आठ साल बाद वैसे ही चौड़े से चल रही है—किसी को अफसोस नहीं है न किसन को न भुरकी को।

सुबह से किसन गारा बना रहा है। चन्दर ईटें ढो रहा है और घुरहू गा-गाकर ईटें जोड़ रहा है, पलस्तर कर रहा है। भुरकी के जीवन में तो कभी भुरका रहा नहीं पर इसका मतलब ये नहीं था कि उसकी कोई वैल्यू नहीं थी अपनी सोसाइटी में। क्योंकि बिन्दादीन की रखैल ने उसे ताना मारा है टट्टर में रहने वाली हमारे घर की क्या बराबरी करेगी। फिर क्या! भुरकी का स्वैग इसे बर्दाशत कैसे करता? उसका घर तो बनना ही था।

लव एण्ड लाइफ

कॉलेज से लौटने के बाद प्रोफ़ेसर धनराज अपनी किताबों में फिर उलझ गये, आजकल एक व्याख्यान लिखने तैयारी में अध्ययनरत थे। कॉलेज से जल्दी घर चले आते, देर रात तक अध्ययन करते ओर फिर सुबह जल्दी उठकर उन्हीं किताबों में खो जाते। उनकी यह दशा उनके नौकर चौबे को कई दिनों से खटक रही थी, आख़िर उसने उन्हें टोक ही दिया—"ई का दिन रात किताबन माँ जुटे रह थौं मुन्ना! अरे शरीरौ का भी कछु ध्यान है कि नाही, 'चेहरा सिमट के मुट्ठी हुआ जा रहा है।' आख़िर कउन ज़रूरी काम आन पड़ा है खोपड़ी पर।"

चौबे प्रोफ़ेसर साहब के पिता के समय से ही उनके घर की सेवा करता चला आ रहा है, उसे कोई भी घर में नौकर नहीं समझता, सब उसे एक बुजुर्ग-सा सम्मान देते हैं। यहाँ तक कि प्रोफ़ेसर साहब की माता जी भी उसे चौबेजी कहती हैं—पूरा नाम है 'राम खेलावन चौबे'। चालीस साल पहले गाँव से शहर भाग कर आये थे चौबे और सीधे प्रोफ़ेसर साहब के पिताजी से मिलकर पक्की नौकरी कर ली थी। उन पर रौब कोई नहीं चला सकता था। वे ही सबको बात-बात पर धमकाया करते थे। श्रीनगर में पोस्टिंग होने पर प्रो. साहब की माँ ने उन्हें प्रोफसेर साहब की देखभाल के लिये उनके साथ ही भेज दिया था। चौबेजी से अच्छी देखभाल उनकी कौन कर सकता था—आखिर! उन्होंने प्रोफ़ेसर साहब की बचपन से सेवा जो की थी।

चौबे जी का रौब देखकर प्रोफ़ेसर साहब बड़े विनम्र भाव से बोले- अरे आ रहे है काका! वहीं नाश्ता लगा दो। प्रोफ़ेसर साहब की माताजी और पिताजी के अतिरिक्त परिवार के सभी सदस्य उन्हें 'चौबे काका' कहते थे। किसी ने भूले से भी उनका अपमान किया तो माँ उसकी छुट्टी कर देती और पिताजी जान जायें तो कहो हाथ पैर भी टूट जायें। प्रोफ़ेसर साहब के दोनों बड़े भाई और छोटी बहन सभी चौबे का बड़ा सम्मान करते थे।

पिछले दो साल से प्रोफ़ेसर साहब चौबे के साथ ही रह रहे थे। माताजी-पिताजी लखनऊ में थे। दोनों बड़े भाइयों ने दिल्ली में लोहे का व्यापार कर लिया था और रही छुटकी तो उसकी भी चार साल पहले शादी हो गयी थी लड़का जमशेदपुर में इंजीनियर था टाटा कम्पनी में। दोनों बड़े भाइयों का विवाह हो चुका था। प्रोफ़ेसर साहब के भतीजे-भतीजियाँ और एक भाँजी भी थी। लेकिन प्रोफ़ेसर धनराज ने अभी तक विवाह नहीं किया था। घर-भर के दबाव के आगे भी वे अपनी शादी न करने के फैसले पर अड़े रहे। अब तो कोई बातचीत भी नहीं करने आता, लगभग चालीस साल के होने को आये। सबने यह भी पूछा कि किसी लड़की से अगर मन मिल गया हो तो वो भी बता दें! जाति-पाँति की कोई बात बीच में आड़े न आयेगी। उनकी माताजी तो एक दिन यहाँ तक कह कर बिलख पड़ी कि—'तेरा घर भी बस जाये अब यही इच्छा है, वरना भगवान पूछेंगे तो उन्हें क्या जवाब दूँगी कि मैंने तेरा संसार सूना क्यों रहने दिया।'

शादी की चर्चा उन्हें गम्भीर बना देती! उनके चेहरे पर यह बात स्पष्ट अंकित हो जाती है, कि किसी छबीली ने उनके हृदय पर अधिकार करके उनकी मति भी मार ली है। परन्तु सच्चाई क्या है यह प्रोफ़ेसर धनराज के अतिरिक्त और कोई नहीं जानता था। पिताजी-माताजी या भाई-बहन जानते भी तो कैसे उन्हें प्रोफ़ेसर धनराज ने कभी कुछ भी नहीं बताया। ऐसा लगता था कि वे किसी वस्तु-विशेष की खोज में है जो उनसे किसी ने बरबस छीन ली है। "चौबे काका बार-बार यही कहकर दुखी होते थे, कि मेरे चाँद से मुन्ने को कोई ग्रहण लग गया है या इसे भी किसी ने अपनी आह की मृगछाला मार दी है। जाने किस मरदूत की नज़र लग गयी है मेरे बच्चे को।"

इधर कुछ दिनों से प्रोफ़ेसर साहब बड़े व्यस्त हो गये थे वो कॉलेज के वार्षिक समारोह हेतु व्याख्यान तैयार करने में लगे हुए थे। इस वर्ष वार्षिक समारोह के सारे उत्तरदायित्व प्राचार्य महोदय ने हिन्दी विभाग को सौंप दिये थे। चूँकि प्रोफ़ेसर धनराज हिन्दी लेखन के क्षेत्र में अच्छा नाम कमा चुके थे इसलिये विभागाध्यक्ष महोदय ने व्याख्यान लिखने और उसे पढ़ने की ज़िम्मेदारी प्रोफ़ेसर धनराज के ही कँधों पर डाल दी थी। व्याख्यान का विषय प्रेम से सम्बन्धित था लेकिन अब तक प्रोफ़ेसर साहब किसी ठोस नतीजे पर नहीं पहुँच पाये थे कि कैसे उसका शुभारम्भ करें। हालाँकि इन दिनों उन्होंने अपनी सामर्थ्यानुसार बड़ी कोशिश की थी। बीसियों, देसी-विदेशी लेखकों के विचार भी पढ़ चुके थे। वैसे विषय कोई कठिन नहीं था और उसपर व्याख्यान लिखना भी प्रोफ़ेसर धनराज जैसे लेखक के लिये कोई समस्या नहीं थी लेकिन फिर भी प्रोफ़ेसर साहब आमन्त्रित विद्वानों के सम्मुख कुछ ऐसा व्याख्यान

देना चाहते थे जो कि उनके मानसपटल पर छा जाये और उनका हृदय प्रेमानुभूति में सराबोर हो जाये। चौबे से नाश्ता लगा देने को कहने के लगभग दस मिनट बाद प्रोफ़ेसर साहब अपने अध्ययन कक्ष से बाहर आये और नाश्ता करने लगे। चौबे ने आज आलू चाप बनाये थे। प्रोफ़ेसर साहब उनका जायका लिये जा रहे थे और बराबर चौबे की प्रशंसा किये जा रहे थे। वाह काका! आज तुमने तबियत ख़ुश कर दी बोलो क्या चाहिये! माँग लो कुछ भी हिचकिचाओ मत। आज हमारा मन बड़ प्रसन्न है। मनचाही वस्तु माँग लो! वचन देता हूँ ज़रूर लाकर दूँगा।

चौबे बड़े सरल भाव से बोले—मुन्ना पण्डिताईन के मरने के बाद हम गाँव छोड़कर चले आये। कोई बाल बच्चा भी नहीं था सो मन माँ बड़ा दुख रहा। सहरे माँ हमका तुम्हरे बाबूजी मिली गये और हम तुम्हरे हियाँ आइ गये। हमने अपना सारा लाड़-प्यार तुम भाई-बहनों और तुम्हरे परिवार पर लुटा दिया। तुम सब हमारी बड़ी इज़्ज़त करते हो, हमें काका कहते हो तो सुनो बेटा जब तुम कह रहे हो तो हम तुमसे माँग ही लेते हैं—कउनो नई चीज नहीं माँगेंगे! अब हमार बूढ़ी आँखें यही चाह रही है कि बन्द होने से पहले तुम्हारा घर बस जाये। क्या तुम हमें बहू लाकर दोगे! अरे मुन्ना तुम बात हार जाओगे! ये तुम्हारे बस की नहीं है। चौबे काका की बात ने प्रोफ़ेसर साहब का हृदय दहला दिया लेकिन न जाने आज उन्हें क्या हो गया था वे भावुक हृदय से बोले—काका तुम क्या सोचते हो कि हमें अपने कुल-खानदान की आबरू या अपनी चिन्ता नहीं है, लेकिन हम विवश हैं! फिर भी तुम्हें ये दिलासा देते हैं कि हम कुँवारे नहीं रहेंगे और अब शादी भी कर लेंगे। तुम्हारे मुन्ना की बात झूठी नहीं जायेगी काका! इसके बाद प्रोफ़ेसर साहब भारी मन से उठ खड़े हुए और दरवाजे से बाहर निकल गये।

अभी प्रोफ़ेसर साहब बाहर निकले ही थे कि डाकिये ने उन्हें एक चिट्ठी दी और नमस्कार करके चला गया। चिट्ठी प्रोफ़ेसर साहब के बड़े ही अंतरंग मित्र जलज की थी। प्रोफ़ेसर साहब ने चिट्ठी खोली और पढ़नी प्रारम्भ की। चिट्ठी की अन्तिम पंक्तियों पर उनकी आँखें जाकर रूक गयी—जलज ने मीरा का जिक्र किया था। उसने लिखा था—"धनराज तुम्हारी मीरा आजकल जम्मू में है। उसके पति वहाँ फॉरेस्ट रेंजर हैं। अब वो काफ़ी बदल गयी है। उसके एक लड़की भी है, लगभग पाँच वर्ष की। वह मुझे लखनऊ में एक दिन अचानक अमीनाबाद में मिल गयी थी। तुम्हें बड़ा याद कर रही थी और एकाएक गायब होने की माफी माँग रही थी। उसकी बातों से ऐसा प्रतीत हो रहा था कि वो आज भी तुम्हें नहीं भूल पायी है। जब मैंने उसे तुम्हारे बारे में बताया तो बोली कि 'मेरा पता लिखकर धनराज को ज़रूर भेज देना,

मैं उनसे मिल तो नहीं सकती लेकिन तुम उन्हें मुझसे मिलने को ज़रूर लिखना। ये लिखना मत भूलना कि 'मैं उनकी प्रतीक्षा करूँगी। जबतक उनसे नहीं मिलती मैं बड़ी विक्षिप्त रहूँगी।' सो तुम मीरा से एक बार समय निकालकर अवश्य मिल लेना। तुम्हारा मीरा से मिलना ही मेरा पत्रोत्तर होगा—तुम्हारा जलज।

चिट्ठी पढ़कर प्रोफ़ेसर धनराज का मन उद्वेलित हो उठा। उनकी अन्तरात्मा से यही आवाज उठी कि जो मीरा मुझे इतना चाहती थी, उसका एकाएक कॉलेज छोड़ देना और वह भी मुझे बताये बिना, कोई बहुत बड़ी विवशता रही होगी। मुझे उससे ज़रूर मिलना होगा। उन्होंने अपना लेटर पैड निकाला और उसपर विभागाध्यक्ष महोदय के नाम एक चिट्ठी लिख दी कि "मैं दो-तीन दिन के लिये बाहर जा रहा हूँ। समारोह से पहले अवश्य आ जाऊँगा। आप व्याख्यान को लेकर चिन्तित मत होइयेगा।" आपका, प्रोफ़ेसर धनराज। इसके बाद प्रोफ़ेसर साहब ने चौबे काका को आवाज दी और उनसे कहा—काका! कल ये चिट्ठी प्रोफ़ेसर शर्मा जी के यहाँ दे आना। मैं जम्मू जा रहा हूँ, तीन दिन बाद लौटूँगा। तुम अपना ख्याल रखना। इसके बाद वे सीधे श्रीनगर के बस अड्डे रवाना हो गये। वहाँ से जम्मू की बस शाम साढ़े छः बजे जाने वाली थी।

जम्मू पहुँचने के बाद प्रोफ़ेसर धनराज ने एक होटल में कमरा लिया और फ्रेश होकर मीरा के घर की तलाश में चल दिये। उन्हें मीरा का पता ढूँढ़ने में कोई विशेष कठिनाई नहीं हुई। दरवाजे पर दरबान था प्रोफ़ेसर साहब ने उसे अपना विस्टिंग कार्ड देकर कहा—इसे जाकर अपनी मेम साहब हो दे देना। कुद देर बाद प्रोफ़ेसर साहब ने देखा कि मीरा खुद ही बाहर उनकी तरफ़ आ रही है। प्रोफ़ेसर साहब के पास आकर मीरा रूँधे हुए गले से बोली—तुम आ गये! मैं तुम्हारी प्रतीक्षा इधर कई दिनों से कर रही थी! चलो अन्दर चलें! मीरा प्रोफ़ेसर धनराज को लेकर अपने ड्राइंग रूम में गयी। कमरा सुसज्जित था, उसमें आवश्यकता के सारे सामान थे, जो बड़े ही कीमती प्रतीत हो रहे थे। मीरा का ड्राइंग रूम ही बता रहा था कि वह बड़े ही सम्पन्न व्यक्ति की पत्नी हैं। प्रोफ़ेसर साहब कमरा देख ही रहे थे कि मीरा अन्दर से (बगल वाले कमरे से) आगी और बोली अरे खड़े ही रहोगे—बैठोगे नहीं। हाँ... कहकर प्रोफेसर साहब बैठ गये। मीरा फिर बोली—कैसे हो!

प्रोफ़ेसर धनराज ने कहा—ठीक हूँ। तुम्हारे पति और बच्ची कहाँ हैं। दिखाई नहीं दे रहे हैं।

मीरा बोली—दोनों बाप-बेटी घूमने गये हैं। प्रोफ़ेसर साहब मीरा को देखकर सोच रहे थे कि जलज ने क्या लिखा था—कि मीरा काफ़ी बदल गयी है! वही छरहरा

शरीर, भोला चेहरा और स्पष्ट आँखें! जरा-सा अन्तर है, तबकी मीरा में और अबकी मीरा में। फिर बोले—तुम कैसी हो? सुखी तो हो? मीरा ने कहा हाँ—मुझे इनके (अपने पति) साथ कोई तकलीफ नहीं है। मेरा बड़ा ख्याल रखते हैं। सास-ससुर भी अच्छे हैं। कोई परेशानी नहीं है। तुम बताओ—घर परिवार कैसा है? तुम्हारी पत्नी कैसी है? प्रोफ़ेसर साहब ने इस प्रश्न का सीधा उत्तर दिया कि मैंने अभी तक शादी नहीं की। तुम्हारे जाने के बाद स्त्रियों से मुझे चिढ़-सी हो गयी। मैंने आज तक बार-बार अपने आपको हजारों बार कोसा होगा—कि मैंने तुमसे (किसी स्त्री से) प्रेम क्यों किया। लोग सही कहते थे कि सभी लड़कियाँ एक तरह की ही होती हैं, दगाबाज। ये सुनकर मीरा बोली—तुम जो चाहो कह लो मैंने इसीलिये तुम्हें जलज से बुलवाया था। अपने मन की सारी ज्वालायें उगल दो ताकि मैं तुम्हारे दोनों मन हल्के कर सकूँ। ये सुनकर प्रोफ़ेसर धनराज चौंके—बोले दोनों मन!

मीरा बोली हाँ दोनों मन। मेरा मन भी तो तुम्हारा ही है। मेरा विवाह हो गया है तो क्या हुआ? मेरा मन तो तुम्हारे मन से कब का मिलकर तुम्हारा ही हो गया था। ऐसा नहीं है कि मैं अपने पति से धोखा कर रही हूँ। मैं उनका पूरा ध्यान रखती हूँ। एक पत्नी जैसी उनकी सेवा करती हूँ। उन्हें सारे सुख देती हूँ। और उन्हें प्रेम भी करती हूँ, लेकिन मेरे हृदय में जो तुम्हारा स्थान है उसे कोई इस जीवन में तो कम से कम नहीं ले सकता। तुम मेरे मन-मंदिर के ईष्ट हो। तुम्हीं इस मीरा के मोहन हो धनराज तुम। इतना कहते-कहते मीरा के नेत्र सजल हो गये। वो अपने आँसू पोछती हुई बोली—जानते हो आज मैं कितनी प्रसन्न हूँ? मेरा मन इतना हर्षित है कि प्रसन्नता उसमें समा नहीं रही है—इसीलिये वह मेरे नेत्रों से अश्रुओं के रूप में बाहर निकलने को विवश हो गयी है। तुम जैसे चाहो मुझसे प्रतिशोध ले सकते हो। मैं तुम्हारे प्रति अपने आप को पूर्ण रूप से दोषी मानती हूँ। मैं तुम्हारी गुनहगार हूँ। मीरा की स्पष्ट आन्तरिक व्यथा ने प्रोफ़ेसर धनराज को गद्‌दगद कर दिया, वे भारी मन से बोले—शान्त हो जाओ मीरा! मुझे तुमसे अब से कुछ देर पहले तक (जब तक कि मैं तुमसे नहीं मिला था) शिकायत अवश्य थी, लेकिन आज तुम्हारे अन्तर्मन की वेदना ने तुम्हें फिर से मेरे समक्ष निर्दोष और पवित्र सिद्ध कर दिया है। तुम ये बताओ कि बिना मुझसे मिले एकाएक कहाँ लुप्त हो गयी और तो और परीक्षा देने भी नहीं आयी। यदि मेरी किसी बात से नाराज़ थी तो कम से कम परीक्षा देने तो आ ही सकती थी। प्रोफ़ेसर धनराज की बात को बीच में ही काटते हुए मीरा बोली—ऐसा कुछ भी नहीं था। मेरे पिताजी और मेरे पति के पिताजी (मेरे ससुर) दोनों बड़े गहरे दोस्त हैं। इन लोगों ने मेरी और अनुज (मेरे पति) की शादी बचपन में ही तय कर दी थी हमें जो पता ही नहीं थी। मेरे

कॉलेज हॉस्टल में आने से पहले भी अनुज का मेरे घर पर आना-जाना था लेकिन मैंने उसे हमेश एक मित्र ही समझा था। विवाह और जीवनसाथी की दृष्टि से तो मैंने अनुज को कभी नहीं देखा था। पिताजी ने मुझे दादी की बीमारी का तार देकर शीघ्र आने को लिखा था। दादी वास्तव में सख्त बीमार थी। इसी में उन्होंने मेरी शादी की जिद्द ठान ली थी। उनकी हार्दिक इच्छा थी कि मरने से पहले मुझे सुहाग के जोड़े में देख ले। लड़का उन लोगों ने पहले ही देख रखा था। ऐसे में मेरे पिताजी ने अपनी मरणासन्न माताजी को कष्ट पहुँचाना उचित न जाना और मेरी शादी तय करके मुझे तार कर दिया। यद्यपि मैंने अनुज से शादी करने का बड़ा विरोध किया और तुम्हारे बारे में मम्मी को सबकुछ बता दिया लेकिन कोई लाभ नहीं हुआ। अनुज का घर-बार पहले से ही सबने देख रखा था और वह सर्विस भी कर रहा था। बस! मेरे माँ-बाप को इससे अच्छा क्या चाहिये था। उन्होंने मुझे विवश कर दिया और मैं नारी मर्यादा और कुल की प्रतिष्ठा के आगे झुक गयी। काश! वहाँ तुम होते। मीरा अपने-आप को रोक न सकी! प्रोफ़ेसर धनराज ने उसे सम्हाला। मीरा ने फिर सम्हलकर कहना शुरू किया—अपनी शादी के बाद मैं ससुराल आ गयी जहाँ तीसरे ही दिन दादी के निधन का समाचार मिला। समाचार सुनकर मेरा दुखी होना स्वाभाविक था लेकिन अनुज ने मुझे ढाँढस बँधाया उसकी दिलासाओं ने मुझ विक्षिप्त होने से बचा लिया। वो मुझे बड़ा प्रेम करते, मेरा पूरा-पूरा ध्यान रखते यहाँ तक कि प्रसव के दिनों में उन्होंने मुझे बिस्तर से नीचे तक उतरने नहीं दिया। फिर हमारी बच्ची हुई छोटी-सी नन्ही-सी गुड़िया। जानते हो मैंने उसका क्या नाम रखा है—'स्मृति' वो इसलिये कि जब-जब उसे पुकारूँ मुझे तुम्हारी याद आ जाये। क्योंकि मैं तुम्हें भूलना नहीं चाहती। और भुलूँ भी तो क्यूँ—तुमने मुझे क्या नहीं दिया!

मेरे पास था ही क्या! एक उदास-सी मायूस ज़िन्दगी। मुझे प्रेम सिखाकर तुमने मेरे सूने उपवन में सावन की हरियाली भर दी। इसे प्रेम की सुगन्ध से सुरभित कर दिया। मैं तुम्हें बराबर याद करती और तुम्हारी हालत का अन्दाजा लगानें की कोशिश करती। ये मत भूलो धनराज कि स्त्रियाँ जीवन में समझौते हजारों बार करती हैं लेकिन प्रेम सिर्फ एक बार करती हैं और जिसके प्रति समर्पित हो जाती हैं वैसी श्रद्धा फिर किसी और को नहीं दे पाती। सभी दायित्वों का निर्वाह करने वाले मेरे हृदय के बचे हुए छोटे से एक कोने में जो नन्हा सा प्रेमदीप जल रहा है वास्तव में वह तुम्हारे नाम का है। मेरा जीवन उस दीप का वर्तिका अवश्य है पर तुम्हारा पवित्र प्रेम ही उसका ईंधन है। मैं ये नहीं मानती कि उसे मेरे पति अनुज का होना चाहिये। यद्यपि आज मेरे लिये अनुज से महत्त्वपूर्ण कोई पुरुष नहीं है लेकिन अनुज भी तुम्हारा स्थान नहीं ले

सकता। मैं उसकी पत्नी अवश्य हूँ पर उपासिका तुम्हारी हूँ क्योंकि मेरी प्रेम रूपी भक्ति के भगवान तुम हो।

मीरा को अतिभावुक देखकर प्रोफ़ेसर धनराज विषय परिवर्तित करते हुए बोले—क्या चाय भी नहीं पिलाओगी।

मीरा झेंपती हुई बोली—मैं तो भूल ही गयी थी अभी आयी। मीरा के जाने के बाद प्रोफ़ेसर धनराज ये सोचने लगे—मीरा कितनी महान है! उसके त्याग और बलिदान के समक्ष मैं कुछ भी नहीं हूँ। ऐसी देवी की तो दिनरात पूजा करनी चाहिये। उसके निर्देश सहर्ष स्वीकारे जाने चाहिये। अपने विचारों में खोये हुए प्रोफ़ेसर यह भी जान न सके कि कब मीरा कमरे में दाखिल हुई।

ख्यालों की खनखनाहट और मीरा के आग्रह ने उनका ध्यान भंग किया। चाय की चुस्की लेते हुए प्रोफ़ेसर धनराज ने पूछा—अनुज और स्मृति कब आयेंगे। मीरा बोली कुछ देर में उन्हें आना चाहिये। मीरा ने पूछा—कब तक रहोगे जम्मू में। प्रोफ़ेसर बोले—बस अनुज और स्मृति से मिलकर चला जाऊँगा। लेकिन फिर मिलने ज़रूर आऊँगा। मीरा बात पूरी होने से पहले बोली—इस बार मैं तुम्हें अकेले नहीं देखना चाहती। अपनी रूक्मिणी को लेकर आपको आना होगा—मेरे मोहन जी! ये आपकी मीरा का हुकुम है। दोनों हँसने लगे, फिर मीरा गम्भीर होती हुई बोली—इसे मेरा आग्रह समझो या निर्देश। बोलो मेरी बात की लाज रखोगे! जवाब दो! प्रोफ़ेसर धनराज भरे हुए गले से बोले—हाँ मानूँगा। तभी बाहर जीप का हार्न सुनाई दिया—मीरा बोली—लो आ गये अनुज और स्मृति—आदर्श बाप-बेटी। अनुज और स्मृति के आने के बाद घर में हलचल हो गयी। मीरा ने प्रोफ़ेसर धनराज का अनुज और स्मृति से परिचय कराया।

अनुज से धनराज का परिचय कराते हुए मीरा बोली। अनुज, ये प्रोफ़ेसर धनराज हैं। मेरे कॉलेज के साथी-एक विख्यात लेखक और कवि हैं। हम लोग कॉलेज के दिनों में अच्छे दोस्त थे। प्रोफ़ेसर धनराज से हाथ मिलाते हुए अनुज बोले—प्रोफ़ेसर साहब आप से मिलकर बड़ी प्रसन्नता हुई मैंने आपकी कुछ किताबें पढ़ी हैं। आपकी कविताओं में बड़ी पीड़ा है! क्या आप अपनी प्रेरणा के विषय में कुछ बतायेंगे। प्रोफ़ेसर धनराज ने बड़े सहज भाव से उत्तर दिया—कहीं मेरी प्रेरणा को जानकर आप भी कवि न बन जायें। इसलिये रहने दीजिये इस विषय को। सभी हँसने लगे। फिर मीरा-स्मृति से प्रोफ़ेसर धनराज का परिचय कराती हुई बोली—बेटे ये हैं तुम्हारे पोएट अंकल! इन्हें नमस्ते करो। स्मृति ने बड़ी ही मासूमियत से कहा—नमस्ते पोएट अंकल। ये मम्मी आपको पोएट क्यों कह रही हैं। क्या आप का कोई नाम नहीं है।

प्रोफ़ेसर धनराज मुस्कुराते हुए बोले—नहीं बेटे मेरा नाम तो है। तुम्हारे लिये मैं पोएट अंकल ही बना रहना चाहता हूँ। तुम मेरा नाम अब मत पूछना। तुम्हारे मुँह से पोएट अंकल सुनकर मुझे बड़ी खुशी हो रही है।

स्मृति उसी भोलेपन से बोली—तो ठीक है! आज से आप मेरे पोएट अंकल और मैं आपकी प्यारी गुड़िया। फिर सबने एक साथ मिलकर खाना खाया और प्रोफ़ेसर धनराज मीरा और उसके परिवार से विदा लेकर चल दिये। रास्ते भर उन्हें मीरा और उसके घर की याद बराबर आती रही। ये देखकर की मीरा सुखी है उनका मन बड़ा प्रसन्न था और स्मृति तो वास्तव में एक मनोहारी स्मृति थी जिसे दुख के क्षणों में याद करने पर थोड़ा-सा मन हल्का अवश्य हो जाता।

श्रीनगर पहुँचने पर प्रोफ़ेसर धनराज ने पाया कि चौबे काका बड़े चिन्तित हैं। उन्होंने कारण पूछा—तो बोले मुन्ना तुम्हारे लिये ही चिन्तित था, कल रात तुम्हें लेकर बहुत बुरा सपना देखा था। अब मन धीरे-धीरे ठीक हो जायेगा। तुम चलो आराम करो; हम अभी चाय-नाश्ता लेकर आते हैं। प्रोफ़ेसर धनराज ने चौबे काका को बुलाते हुए कहा—'काका आज हम अदरक की चाय पीयेंगे—एकदम कड़क चाय'। ये सुनकर चौबे काका बड़े प्रसन्न हुए और बोले—लगता है मुन्ना तुमको कऊनो समस्या का समाधान मिल गवा है और अब जा रहे हो उस पर लैक्चर लिखने—हम सब जानते हैं, तुम तभी अदरक की कड़क चाय पीते हो जब कुछ लिखने जाते हो और! और ख़ुश होते हो। अभी लाये बचुआ कहकर चौबे काका चल दिये। अपने कमरे में पहुँचकर प्रोफ़ेसर साहब अपनी मेज पर डट गये। इसी बीच चौबे काका चाय-नाश्ता ले आये। प्रोफ़ेसर धनराज ने उनसे कहा—काका अगर कोई मुझसे मिलने आये तो कोई बहाना करके टाल देना। और हाँ—आज खाने के साथ खीर ज़रूर बनाना। खीर—चौबे काका ख़ुश होते हुए बोले—आज लगता है हमारे मुन्ने के मन से कोई भारी बोझ उतर गया है! तुम जबतक मन से प्रसन्न नहीं होते खीर नहीं खाते। छः महीने हो गये हैं तुम्हे खीर खाये। वे भगवान को धन्यवाद कहते हुए रसोईघर में चले गये।

प्रोफ़ेसर साहब ने अपना व्याख्यान लिखना प्रारम्भ कर दिया—लिखते समय उनके सम्मुख दो तथ्य थे—प्रथम तो अपना अध्ययन और अनुभव और दूसरे मीरा के वे शब्द जो उसने, उनसे (प्रोफ़ेसर धनराज) से प्रेम के विषय में कहे थे। काफ़ी समय बाद प्रोफेसर साहब अपने कक्ष से बाहर आये। एक लम्बे अर्से के बाद वे अपने-आप को काफ़ी हल्का महसूस कर रहे थे। उन्होंने चौबे काका को आवाज लगाई और खाना लगाने को कहा। खाना खाते समय वे चौबे काका से मुस्कुराकर बोले—काका कल कॉलेज चलोगे मेला देखने और हमारा लैक्चर सुनने! चौबे काका बोले—का मज़ाक़ कर रहे हो मुन्ना अब इस बुढ़ापे में हम राम भजन छोड़कर मेला

देखें और लैक्चर सुनें। प्रोफ़ेसर साहब पुनः मुस्कुराकर रह गये।

दूसरे दिन जब प्रोफ़ेसर धनराज कॉलेज पहुँचे तो समारोह शुरू होने वाला था। हिन्दी के विभागाध्यक्ष महोदय, शर्मा जी की हालत देखने लायक थी। वे मन ही मन अपने आप को कोस रहे थे और प्रोफ़ेसर धनराज को भला-बुरा कहकर बड़बड़ा रहे थे—'बड़े आये' लेखक! इसी समय उन्हें एक विशेष काम से बाहर जाना पड़ा हैं...। मैं ही मूर्ख था जो उन्हें इतनी बड़ी ज़िम्मेदारी सौंप दी। क्या मैं व्याख्यान नहीं लिख सकता था'। शर्मा जी अपनी इसी उधेड़बुन में लगे थे कि प्रोफ़ेसर धनराज ने उन्हें प्रणाम किया। प्रोफ़ेसर को सामने पाकर उनकी बाँछें खिल गयी। फिर वे गुस्सा करते हुए बोले अब आये हैं जम्मू से लौटकर श्रीमान्! आपका काम तो हो गया होगा और हमारे काम का क्या हुआ? प्रोफ़ेसर धनराज मुस्कुराते हुए बोले—दोनों हो गये। ये जानकर विभागाध्यक्ष महोदय प्रसन्नता से गदगद हो गये और बोले— आख़िर मैं सोच-समझकर जिम्मेदार व्यक्ति के कन्धों पर ही ज़िम्मेदारी का बोझ रखता हूँ। दाद दीजिये प्रोफ़ेसर धनराज। प्रोफ़ेसर धनराज हँसते हुए बोले—सो तो है। फिर विभागाध्यक्ष महोदय उनसे उत्सुकतापूर्वक बोले अब जल्दी चलिये नहीं तो समारोह शुरू हो जायेगा। जब दोनों लोग सभाकक्ष में पहुँचे तभी मुख्य अतिथि और प्राचार्य महोदय का आगमन हुआ। प्राचार्य महोदय ने मंच पर जाकर माइक सम्हाला और बोले—आज हमारे मध्य मुख्य अतिथि के रूप में एक ऐसे विद्वान उपस्थित हुए हैं जिनके नाम की चर्चा विश्व भर में हो रही है—आप हैं विख्यात लेखक ओर समाज सुधारक 'श्री रवि भास्कर जी' जो अपने नाम के ही अनुरूप ज्ञान ओर प्रकाश के स्तम्भ हैं। इन्हें अपने बीच पाकर मैं स्वयं को बड़ा गौरवान्वित अनुभूत कर रहा हूँ और उनसे विनती करता हूँ कि वे आकर समारोह का शुभारम्भ करें। रवि भास्कर जी ने मंच पर खड़े होकर सबका अभिवादन स्वीकार किया और समारोह के आरम्भ की घोषणा की फिर समारोह आरम्भ हो गया। समारोह में सभी प्रकार के कार्यक्रम थे जो कॉलेज के छात्रों ने अपने आचार्यों की सहायता से तैयार किये थे। सरस्वती वन्दना के साथ समारोह आरम्भ हुआ और नाटक, वाद-विवाद, हास्य-नाटिका, गायन इत्यादि से होता हुआ अपने अन्तिम सोपान पर पहुँचा। यह अन्तिम कार्यक्रम था प्रोफ़ेसर धनराज का 'प्रेम और जीवन' विषय पर दिया जाने वाला व्याख्यान। जिसकी छात्रों सहित सभी आचार्यों को प्रतीक्षा थी। सबमें बड़ा उत्साह और अपेक्षा स्पष्ट दिखाई दे रही थी कि देखा जाये आज प्रोफ़ेसर साहब कौन-सा नया पथ दर्शा रहे हैं अपने व्याख्यान में। तालियों की गड़गड़ाहट में प्रोफ़ेसर धनराज ने मंच पर प्रवेश किया और सभी का हार्दिक अभिवादन करते हुए बोलना प्रारम्भ किया—"प्रेम के विषय में जितना आज तक कहा गया वो कम है और जो आगे कहा जायेगा वो कम होगा।

प्रेम अपने आप में अथाह है अगाध है। इसकी तुलना सागर और आकाश से की जानी चाहिये। प्रेम प्रात:काल की उस पवित्र ओस के समान है जिसमें सृष्टि का कण-कण सदियों से सराबोर होता आ रहा है और आगे भी होता रहेगा। गहरे पैठकर यदि सोचा जाये तो इस सृष्टि की संरचना का आधार प्रेम है। संसार का प्रत्येक समाज चाहे वो पक्षियों का हो, पशुओं का हो या हम मनुष्यों का, प्रेम के अभाव में कभी संगठित नहीं हो सकता। इस संदर्भ में मैं मानव-समाज में प्रेम की चर्चा करूँगा क्योंकि हम सब इसी के अधीनस्थ है। यदि प्रेम न होता हो ईश्वर द्वारा उत्पन्न आदि मानव कब के अस्तित्व विहीन हो गये होते—यद्यपि आज वे हमारे बीच नहीं हैं परन्तु उनकी सन्तति के रूप में हम साक्षात् उनके प्रेम के प्रतीक हैं, जो उन्होंने अपने समय में प्रतिस्थापित किये थे। इसी प्रेम से अभिप्रेरित होकर मनुष्य ने सर्वप्रथम युग्म (प्रेमी-प्रेमिका) का निर्माण किया, फिर परिवार निर्मित किये, तत्पश्चात् परिवारों से समूह बनाये, समूहों से बने समाज और इन्हीं समाजों ने राष्ट्रों को जन्म दिया और इसी निरन्तरता ने हमें प्रदान किया हमारा विराट विश्व। ये सच है कि सृष्टि ईश्वरीय देन है लेकिन यह प्रेम की बेल-बूटियों से सजी-सँवरी है और प्रेम ने ही इसे मोहक और मनोहारी बनाया है, तभी तो कोई मृत्यु को प्राप्त होना नहीं चाहता। जीने की प्रबल इच्छा का आधार ही प्रेम है—जिसे दर्शनशास्त्र ने 'सांसारिक माया' का नाम दिया है।

प्रेम विश्व के प्रत्येक कण में विद्यमान है। संसार में कोई भी समाज इससे रहित नहीं है। भिन्न-भिन्न स्वरूपों में प्रेम प्रकाश की भाँति इस जगत में बिखरा हुआ है। प्रेम के इन भिन्न-भिन्न स्वरूपों के विषय में आप सभी जानते होंगे। मैं यहाँ प्रेम के प्रमुख स्वरूपों में से एक 'प्रेम विवाह' की चर्चा करना चाहूँगा जो आज हमारे समाज में काफ़ी प्रचलित है।

परस्पर प्रेम करने वाले प्रेमी पाणिग्रहण के पवित्र बन्धन में बँधने पर ही अपने प्रेम को सार्थक और सफल मानते हैं। संयोग और सम्मिलन ही उनकी अभिलाषा होती है। लेकिन यह सम्बन्ध, ये बन्धन इतना आसान नहीं होता। इसके लिये प्रेमियों को समाज के विभिन्न अवरोधों का सामना करना पड़ता है। इसी निरन्तरता में कहीं वे संयोग हेतु समाज से दूर भागते हुए नज़र आते हैं, तो कहीं विद्रोह की आशंका से ग्रस्त हो साथ-साथ आत्मघात करते हुए दीख पड़ते हैं। प्रत्येक परिस्थिति में समाज उनके आड़े आता रहा है। मैं समाज के इस विघटनकारी रवैये के विरूद्ध हूँ लेकिन इस परिप्रेक्ष्य में मेरी प्रेम के पोषकों से एक प्रार्थना है, एक अपील है कि वे समाज की क्रूरता और दुर्व्यवहार का बदला स्वजनों से न लें। घर से भागकर या आत्महत्या करके वे जो कष्ट अपने परिवार के सदस्यों को देते हैं, उन्हें इसका कोई अधिकार नहीं है। आख़िर परिवार की भी अपने सदस्यों से कुछ अपेक्षायें हैं और उन्हें पूरा

करना प्रत्येक सदस्य का कर्तव्य है। माँ-बाप कभी अपने बच्चों का अहित नहीं चाहते, वे तो सदा उन्हें सुख से फलता-फूलता देखना चाहते हैं। जिस तरह जीवन के प्रत्येक विषय सामान्य ढंग से लिये जाते हैं वैसे ही प्रेम के विषय को भी लिया जाना चाहिये। सारी इच्छाओं का आधार मन है और प्रेम की इच्छा भी इसी से उत्पन्न होती है। सामान्य रूप से देखा गया है कि किसी वस्तु विशेष की इच्छा होने पर भी यदि सामर्थ्य और परिस्थितियाँ उसके विपरीत हैं तो मनुष्य अपने अन्तर्मन से समझौता करके उसे सन्तोष दिला देता है और वह वस्तु नहीं लेता, उसे प्राप्त करने की इच्छा त्याग देता है। ठीक ऐसा ही समझौता प्रेम में भी किया जा सकता है क्योंकि जातीय, सामाजिक और आर्थिक स्तर की विसंगतियों का सामना प्राय: प्रेमियों को करना पड़ता है और अक्सर परिस्थितियाँ उनके विपरीत ही होती हैं। इसीलिये कम-से-कम हमारे देश में प्रेम विवाह बहुत कम सफल होते हैं। यदि प्रेमीजन किसी भी स्थिति में सम्मिलन को ही प्रेम की पुष्टि मानते हैं, तो ये उनकी वासना होगी प्रेम नहीं। दूर रहने पर भी प्रेम समाप्त नहीं होता क्योंकि सच्चा प्रेम आत्मिक होता है। उसे वासना छू तक नहीं पाती। इसलिये सम्मिलन या संभोग ही प्रेम की पराकाष्ठा नहीं होती है। प्रेम सतत है, निरन्तर है, तभी तो कृष्ण के वियोग में गोपिकाओं का प्रेम दर्शनीय है, पूजनीय है और अनुकरणीय है। विपरीत परिस्थितियाँ प्रेम को लेशमात्र भी कम नहीं कर सकतीं भले ही उनके वशीभूत हो प्रेमियों ने समझौता करके वियोग को स्वीकारा है। इसका प्रत्यक्ष प्रमाण है कृष्ण-गोपियों का प्रेम। परिस्थितियों से आबद्ध कृष्ण के मथुरा चले जाने पर उनके विरह में दग्ध गोपिकायें आत्मघात नहीं करती या सामाजिक मर्यादायें नहीं तोड़तीं। इन गोपिकाओं में कोई किसी की पत्नी है, तो कोई किसी की बहन! वे कृष्ण के विरह वियोग का दंश सहती हैं और प्रेम करती हैं तो कृष्ण से। वे अपने सामाजिक दायित्वों का निर्वाह नहीं तजती। प्रेम में इससे बड़े समझौते की मिसाल और क्या हो सकती हैं इसी तरह आज के प्रेमी जन, प्रेम में समझौते को स्थान देकर प्रेम की महानता को चार-चाँद लगा सकते हैं। मेरा अध्ययन या अनुभव प्रेम के विषय में अब तक जहाँ पहुँचा है उसका सार यही है कि "जहाँ तक हो सके प्रेम को संयोग तक पहुँचाना चाहिए परन्तु परिस्थितियों के विपरीत होने पर यदि वियोग हाथ लगे तो परस्पर दोनों पक्षों को (प्रेमी-प्रेमिका) अपने-अपने जीवन में समझौता कर लेना चाहिये और जो मिला है उसी में अपने प्रेम की परिकल्पना को साकार करते हुए नयी रीति से प्रेममयी सृष्टि का सृजन करना चाहिये। प्रेम जीवन का आधार अवश्य है, लेकिन प्रेम ही जीवन नहीं है। जीवन तो न जाने कितने समझौतों के बाद मनुष्य जी पाता है और प्रेम तो जीवन रूपी शरीर का एक मुख्य अंग मात्र ही है। यदि समूचा शरीर परिस्थितियों से समझौता कर सकता है तो प्रेम का एक अंग विशेष समझौता

क्यों नहीं कर सकता। उसे भी समझौता करना पड़ेगा क्योंकि वही सम्पूर्ण शरीर के हित में है, जीवन के हित में है।"

प्रोफ़ेसर धनराज के चुप होते ही समूचा सभाभवन तालियों की गड़गड़ाहट से गूँज उठा। प्राचार्य महोदय ने प्रोफ़ेसर धनराज को गले से लगा लिया। अपने समापन संभाषण में मुख्य अतिथि श्री रवि भास्कर जी ने प्रोफ़ेसर धनराज की भूरि-भूरि प्रशंसा की। उनके अन्तिम वाक्य थे—"आज प्रेम की राह में भटकते हुए पथिकों को पथ-प्रदर्शन हेतु प्रोफ़ेसर धनराज सरीखे समझदार प्रेमियों की ही आवश्यकता है। इतना सशक्त और हृदयगामी व्याख्यान कोई प्रेमी ही लिख सकता है और ऐसा प्रेमी 'आदर्श प्रेमी' कहलाने का अधिकारी है। ऐसे ही प्रेमियों ने प्रेम के इतिहास को गौरवशाली बनाया है"। इस तरह कार्यक्रम सफलता और शान्ति से सम्पन्न हुआ।

सबका अपार स्नेह और हार्दिक बधाइयाँ लेकर प्रोफ़ेसर धनराज देर रात से घर लौटे तो उन्हें चौबे काका ने एक पत्र दिया, जो उनकी माताजी ने लिखा था। पत्र में उनकी माताजी ने उन्हें आशीर्वाद देते हुए एक नये रिश्ते की सूचना दी थी और उनसे विनती की थी कि वे इस बार शादी से इनकार न करें।

पत्र पढ़कर प्रोफ़ेसर साहब की आँखें नम हो गयीं और उन्होंने लम्बी साँस लेते हुए स्वयं से कहा—'माँ को सत्य ही देवी कहा गया है।' प्रोफ़ेसर धनराज ने अपनी माताजी को उसी समय पत्रोत्तर लिखना प्रारम्भ किया और लिखने लगे—

पूजनीय माता जी,

आज तक मैं आपके अनुरोध टालता रहा क्योंकि मैं स्वयं भटक रहा था पर आज किसी ने मुझे मेरा सही रास्ता सुझा दिया है। अब आपका अनुरोध मेरे लिये मातृदेवी का आदेश है जिसे आपका ये भक्त बेटा ठुकरा नहीं सकता। मैं अब भक्ति का आधार समझने लगा हूँ, संसार का यथार्थ कुछ-कुछ जान रहा हूँ। मुझे प्रेम और जीवन में समझौता करना आ गया है। आप जहाँ चाहें वहाँ मेरा ब्याह करे मुझे सहर्ष स्वीकार्य होगा।

आपका बुद्धू बेटा

धनराज

चौबे काका से खाना लगवाकर उन्हें पत्र डाकखाने में डालने को कहकर प्रोफ़ेसर साहब ने खाना खाया और खाकर अपने कमरे में चल दिये—बिस्तर पर लेटे-लेटे वे यही सोच रहे थे कि प्रेम और जीवन दोनों का सच्चा सुख इनमें सामंजस्य स्थापित करके ही पाया जा सकता है। मीरा मेरा प्रेम है—आगे की शेष गृहस्थी मेरा जीवन है और इन्हें मैं सामंजस्य स्थापित करके अवश्य सफल बनाऊँगा। ये सोचते-सोचते कब थके-हारे और विजयी प्रोफ़ेसर धनराज सो गये ये वे नहीं जान सके।

दुक्खी का दुख

घर में जितनी चप्पलें थीं, वो सारी की सारी लगभग पुरानी हो चुकी थी। क्योंकि वो सभी एक साथ ही ली गयी थीं। इन दिनों अतिथियों का आवागमन बराबर बना रहता था, साथ-साथ कई अन्य आवश्यक खर्चे भी आन पड़े थे, सो पिताजी ने दो जोड़ी नयी हवाई चप्पलें ही खरीदी और कहा कि दो जोड़ी अगले माह खरीदूँगा, तब तक पुरानी चप्पलों की ही मरम्मत करवा लो, ताकि कुछ दिन खिसक जाये। मैंने सवाल किया? लेकिन आजकल मोची आता ही कहाँ है? तो उन्होंने जवाब दिया—मैंने परसो ही दुक्खी को देखा था। अब उसने अपना पुराना अड्डा बदल दिया है। कृषिभवन वाले चौराहे पर बैठता है। जाकर उससे चप्पले बनवा लेना। इतना कहकर वे दफ़्तर चले गये।

जेठ का महीना आरम्भ हो चुका था। उस दिन धूप कुछ हल्की लगी, मैंने दोपहर का भोजन किया और अम्मा से कहा—अम्मा आपकी चप्पल तो नहीं बनवानी है? यदि बनवानी हो तो दीजिये मैं अपनी चप्पल बनवाने जा रहा हूँ। माताजी जैसे इसी के इन्तज़ार में रही हों! तुरन्त बोलीं मेरी चप्पल जाने कब से टूटी है! कितनी बार तुम दोनों भाइयों से कह चुकी हूँ, पर किसी को फुर्सत हो तो सुनों न! मैंने उनका उलाहना सहर्ष स्वीकार किया और दो चप्पलें लेकर दुक्खी के अड्डे की ओर रवाना हो गया।

दुक्खी हमारा मोची था! हमारा क्या था? पर एक लम्बे समय से वो हमारे पास के चौराहे पर बैठता था। नये जूते-चप्पलें तो आर्डर मिलने पर बनाता ही था, साथ-साथ पुराने जूतें-चप्पलें और चमड़े के अन्य कटे-फटे सामानों जैसे बैग, अटैची आदि की मरम्मत करता था। मैं ही क्या आस-पास के सारे लोग उसे अपना मोची ही समझते थे। जिसे देखो वही शिकायत करता—दुक्खी तुमने मेरी नई चप्पलें नहीं बनाई! दुक्खी कल तुमने मेरे बच्चे का जूता नहीं ठीक किया था। आज ठीक कर

देना। अभी उसे भेज रहा हूँ आदि-आदि। सभी अपने-अपने ढंग से उससे अपनी बातें करते और वह खीसे निकाले, सबकी हाँ-में हाँ मिलाता। मेरी नजरों में वो मोची होते हुए भी सीधा-सच्चा ओर अच्छा इन्सान था। मैं उसका अदब करता था। हमेशा उसे दुक्खी दादा ही कहा करता था।

मैं जब दुक्खी के पास पहुँचा तो वो एक जूता बनाने में मसरूफ था। मेरी राम-राम तो उसने सुनी, पर जवाब नहीं दिया। मैंने पूछा दुक्खी दादा एकाएक इतना पुराना अड्डा तुमने क्यों बदल दिया? तो वो बोला—भइया जबसे हुँआ गैराज खुला तबसे गाड़ी, मोटरन केर काम हुँआ होवै लगा अउर हमार काम फीका पड़ गवा! सो हम हिआँ आइ गयेन। मैंने एक बार उसे गौर से देखा! दुक्खी अब बूढ़ा हो चला था। उसकी कसी-कसी बांहें अब ढीली पड़ गयी थी। चमड़ा झूलने लगा था, और तो और आँखों में पीलापन आ गया था। मैंने पूछा क्या बात है दादा, तबियत-वबियत तो ठीक है? उसने धीरे-से कहा, ठीकै है भइया! अब बुढ़ापा आ ही गया है, क्या करेंगे ज़्यादा जी के। उसकी बातें कुछ अजीब-सी मुझे लगीं। मैंने पूछा? दिहात में सब ठीक-ठाक है न? उसने धीरे-से सिर हिलाकर मेरे प्रश्न का हाँ में सकारात्मक उत्तर दिया। तभी मेरे मुँह से अचानक निकल पड़ा—छोटकऊ कहाँ है आजकल? बहुत दिन से दिखे नहीं। (मैं दुक्खी के लड़के को छोटकऊ कहता था) दुक्खी ने कुछ रूँधे गले से कहा—भगवान के घर चले गये। मैं ठीक से सुन नहीं सका । फिर पूछा—क्या? उसने थोड़ा तेज बोलते हुए अपना वाक्य दोहराया—भगवान के घर चले गये। मैं धक्क से रह गया! थोड़ी देर तक स्तब्ध खड़ा रहा। फिर बोला--अरे नहीं भाई। होली के पहले तो हमसे राम-जोहार हुई थी, तब तो ठीक-ठाक थे। पर ये अचानक कैसे हो गया। मेरी चप्पल सिलने में अपना ध्यान लगाये, सिर झुकाये वो बोला—भइया होली के दो महीना पहिले से बीमार रहे तुम्हार छोटकऊ मुला हमका बताइन नहीं, सादी के बाद हमसे अलग होई गये रहै, बड़ा हुसियार बनत रहे न! हमका खबरौ नहीं दिहिन्। हम हिया रहै! तब एक तीसर आदमी हमका बताइस। हम भागे-भागे दिहात गये। बड़ा इलाज करावा! दवा दारू किहैन—मुला भगवान का यहै मंजूर रहा कि हम बुढ़ापे माँ यहु दिन देखै। सो देखि रहै हैं भइया। मैं बड़ा दुखी हो गया। भीतर ही भीतर मेरा मन मुझे साल रहा था—क्यों पूछा इससे ! पर अब तो तीर कमान से निकल चुका था और घाव कुरेद चुका था। इतने में मेरी चप्पलें वो सिल चुका था, मैंने पूछा—कितने पैसे हुए दुक्खी दादा, वो बोला जउँन दइ देव भइया। मैंने दो रुपया दिया। अपनी बोरी की गद्दी के नीचे उसने वो नोट रखा और कुछ फुटकर पैसा ढूढ़ने लगा। मुझे लौटाने के लिए। मैंने कहा ठीक है दादा रख

लो—अच्छा चलता हूँ। साइकिल ले के गया था, चप्पलें कैरियर में लगा कर मैं पैदल ही घर की ओर चल दिया और सोचनें लगा! हाय रे कलयुग, क्या समय आ गया है? बूढ़ा बाप जवान बेटे की लाश को कन्धा लगा रहा है। बहू का वैधव्य देख रहा है। मेरी दृष्टि में दुक्खी ने ऐसा कोई पाप नहीं किया होगा, जिसका दण्ड इतना भयानक होता हो, पर सजा तो उसे मिली ही थी। काश! राम राज्य होता तो श्रीराम उसका युवा पुत्र न मरने देते! पर अब तो प्रजातन्त्र है—डेमोक्रेसी। ये किसके पाप की सजा दुक्खी या उसके जैसे करोड़ों भारतवासियों को मिल रही है। मैं सोचता रहा, पर कोई हल न निकाल सका। ख्यालों में खोया! कब घर आ गया, पता ही नहीं चला। अम्मा ने शायद खिड़की से मुझे पैदल आते हुए देख लिया था। उन्होंने गुस्सा जताते हुए कहा—इतनी धूप में साइकिल लेकर पैदल क्यों आ रहे हो? क्या साइकिल ख़राब हो गयी है? मैंने उनकी तरफ़ देखते हुए—उत्तर दिया, नहीं ठीक तो है। पर अम्मा को देखा तो मुझे छोटकऊ की माँ याद आ गयी। जिसे मैंने कई बार छोटकऊ के पीछे भागते देखा था, कि कहीं छोटकऊ सड़क पर चलते हुए किसी वाहन से लड़ ना जाये। उसे चोट ना आ जाये। मेरा कलेजा मुख को आ रहा था और मानस बार-बार गोस्वामी तुलसीदास जी की यही पंक्तियाँ दोहरा रहा था—

दैहिक, दैविक, भौविक तापा।
राम राज कहुहि नहीं ब्यापा।।

पर ऐसा कहाँ होने वाला था? बापू जिसका सपना देखते-देखते स्वयं सपना हो गये। मैं उसके बारे में सोचकर भी क्या कर सकता हूँ? यही सोचकर कुर्सी पर आ बैठा और फिर सोचने लगा—जीव, जगत, माया, ईश्वर और जानें क्या-क्या...!

बउनूँ

उसकी माँ बचपन में ही उसे छोड़कर ईश्वर को प्यारी हो गयी थी इसलिये वह मातृस्नेह से वंचित रहा। उसने माँ की लोरियाँ नहीं सुनी थी और ना ही उसे वो मातृत्व मिला था जो अन्य बच्चे पाते हैं। उसने पाया था तो एक रोता-बिलखता अभाव ग्रस्त बचपन और कोल्हू के बैल जैसी पिसती हुई जवानी। मामा-मामी के टुकड़ों पर पलकर वह बड़ा हुआ और उन्हीं की सेवा में दो वर्ष की आयु से अट्ठारह वर्ष की आयु का समय बिता दिया।

उसका नाम था रमेश लेकिन सब उसे बउनूँ कहते थे। ये नाम उसे उसकी माँ ने दिया था क्योंकि वह अपने भाई-बहनों में सबसे छोटा था। प्राय: घरों में छोटे बच्चे ऐसे ही नाम पाते हैं जैसे छोटू, छोटुकू छोटे इत्यादि। उसका पिता भूतनाथ अपने नाम के ही अनुरूप था। भाँग से लेकर शराब तक—कोई ऐब उससे बचा नहीं था। उसकी इन्ही खराब आदतों के कारण बउनूँ अपनी माँ के वात्सल्य से वंचित हो गया था। क्योंकि जब बउनूँ हुआ था, तब उसकी माँ के पास कोई भी नहीं था। वह लावारिसों जैसी अस्पताल में पड़ी थी और भूतनाथ शराब के ठेके के बाहर पीकर बेहोश पड़ा था। भूतनाथ के साले नत्था को जब यह पता चला था तो, वह अस्पताल गया था और अपनी बहन को ले आया था। पर वह अपनी मरणासन्न बहन को नहीं बचा सका और सावित्री (भूतनाथ की पत्नी) सदा के लिये मौन हो गयी थी। मानो उसने भूतनाथ के अत्याचारों के सम्मुख जीवन ही हार दिया हो। अपनी माँ के बारे में बउनूँ इतना ही जानता था कि उसका नाम सावित्री था और वह अपने नाम के अनुरूप गुणों वाली थी। बउनूँ की बड़ी बहन कुक्कू अक्सर बउनूँ को अपनी माँ के बारे में बताया करती थी।

बउनूँ का एक बड़ा भाई सुक्खू था पर उसकी बहन कुक्कू भाई-बहनों में सबसे बड़ी थी। माँ के मरने के बाद बउनूँ का परिवार उसके मामा नत्था के यहाँ आ

गया और नत्था के बाल-बच्चों की सेवा करने लगा, तन पेट पालने के लिए। बउनूँ और सुक्खू अपने मामा के बच्चे खिलाते और उसकी बहन कुक्कू अपनी मामी का हाथ बटाती। ये हाथ बँटाना कहने को ही था वास्तव में तो कुक्कू को घर का सारा काम-काज करना पड़ता था। मामा-मामी भूतनाथ के बच्चों के बल पर राजसी जीवन का भोग कर रहे थे। बउनूँ की मामी सुखदा काफ़ी तेज औरत थी। वह कुक्कू, सुक्खू और बउनूँ पर कड़ा नियंत्रण रखती, पर वह अपने भान्जो सहित भान्जी का भी पूरा-पूरा ध्यान रखती। उन्हें खाने-कपड़े की कोई तकलीफ नहीं होने देती। बउनूँ सहित उसके भाई-बहन भी विद्या से अनभिज्ञ थे—वे पढ़ना-लिखना नहीं जानते थे। अपने ममेरे-भाइयों से बउनूँ प्राय: स्कूल के बारे में पूछता रहता कि स्कूल कैसा होता है? वहाँ क्या-क्या होता है? कैसे तुम लोग पढ़ते हो? आदि-आदि।

बउनूँ सदा से प्रेम से वंचित रहा। उसका पिता अपने कुकर्मों का दोष बउनूँ के सिर मढ़ता और उससे घृणा करता। जब कभी बउनूँ अपने पिता के सानिध्य में गया तो, वहाँ उसे भूतनाथ की झिड़कियाँ मिलीं और कभी-कभी मार भी। बउनूँ के भाई-बहन भी उससे उतना स्नेह नहीं करते जितना प्राय: छोटे भाई-बहन अपने बड़ों से पाते हैं। इन्हीं कारणों से बउनूँ को प्रेम की लालसा थी और जब भी कोई उससे प्रेम से बोलता तो वह उससे चिपक जाता था।

अपने मामा के साथ बउनूँ पहले जिस मकान में रहता था, वहाँ की ईसाई मकान मालकिन मिसेज पाली उसे बहुत मानती थी। बउनूँ को अच्छी तरह याद है कि कभी भी वह उस मकान मालिकन के घर से खाली हाथ नहीं लौटा था। वह हमेशा उसे कुछ न कुछ ज़रूर देती थी। कभी केला तो कभी सेब और कभी-कभी आइसक्रीम भी। मामा की उस मकान-मालिकिन से लड़ाई न हुई होती तो वह वहाँ से कभी नहीं आता। पुराना मकान छोड़ते समय बउनूँ बहुत रोया था और उसकी ईसाई लैण्ड लेडी भी भर्राये हुए गले से उससे बोली थी। बउनूँ फिर आना - मेरा दरवाजा तुम्हारे लिये हमेशा खुला रहेगा।

दो साल पहले बउनूँ की बहन कुक्कू की शादी हो गयी और वह अपनी ससुराल चली गयी। सुक्खू को इलाहाबाद में काम मिल गया और वह भी चला गया। रह गया अकेला बउनूँ, बेचारा मामा-मामी के ताने सुनता। बाप की गालियाँ खाता! फिर भी मस्त रहता। बउनूँ को शौक था तो गमकउआ पान खाने का और पिक्चर देखने का। हीरो-हीरोईनों का वह दीवाना था और मामा से हर हफ्ते दस रुपये पिक्चर के लिये लेता था। कभी-कभी फिल्मी गीत भी गुनगुनाता और बेसुरा गाने के कारण मामा की डाँट भी खाता क्योंकि उसका मामा नत्था एक अच्छा गायक था।

उन्हीं दिनों एक घटना घट गयी जिससे बउनूँ को पुलिस की हवालात में दो दिन रहना पड़ा। हुआ कुछ यूँ! कि एक रात भूतनाथ नशे में धुत नत्था के घर आया और सुखदा को गाली देने लगा। नत्था उस समय घर पर नहीं था। इसलिये बउनूँ ने अपने पिता को समझाना चाहा इस पर भूतनाथ ने उसकी पिटाई कर दी। बाप के लिहाज से बउनूँ खामोशी से मार खा गया और उसे लेकर बाहर चला गया। भूतनाथ को घर छोड़कर वह आ रहा था कि रास्ते में उसे उसकी पुरानी मकान मालकिन मिल गयी और उसे अपने साथ घर लेती गयी। बउनूँ रात भर उनके यहाँ रहा और सुबह तड़के चुपचाप चला आया। दोपहर में दरोगा नत्था का घर ढूढ़ते हुए आया और बउनूँ को पूछताछ के लिये थाने ले गया। क्योंकि मिसेस पाली (बउनूँ की पुरानी मकान मालकिन) के यहाँ पाँच हजार रुपयों की चोरी हो गयी थी और उसके दामाद एलेक्जेन्डर ने ये इल्जाम बउनूँ पर लगाया था। भूतनाथ और नत्था दोनों बउनूँ को छुड़ाने की कोशिश में लगे रहे पर दो दिन तक उसे नहीं छुड़ा पाये। बाद में मिसेज पाली ने स्वगं उसे छुड़ा लिया और अपने दामाद को खूब डाँटा।

दुखी बउनूँ एक तो माँ की मृत्यु का दोषी समझा जाता था और अब उस पर से चोरी का इल्जाम लग गया। इससे वह और अधिक उपेक्षित हो गया और एक रात अपने नये भविष्य की खोज में घर छोड़कर अन्जान दिशा में चल दिया। सुबह सबको पता चला कि बउनूँ भाग गया। सबने उसे बहुत ढूँढ़ा पर वो कहीं नहीं मिला। देर रात नत्था के घर पर इकट्ठा लोगों में से उसके चचेरे साले श्यामू ने बताया कि उसने बम्बई जाने वाली गाड़ी में बउनूँ को दौड़कर चढ़ते हुए देखा था और वह (श्यामू) ट्रेन के पीछे दौड़ा भी था बउनूँ को पकड़ने के लिए पर ट्रेन तब तक स्पीड पकड़ चुकी थी और उसे (श्यामू) को मजबूरन प्लेटफार्म पर लौटना पड़ा था। बउनूँ सपनों के शहर बम्बई के लिए रवाना हो चुका था और उसे ढूँढ़ने की चिन्ता किसी को नहीं थी।

घुटन

तुम तो जहाँ जाते हो बस वहीं के होकर रह जाते हो? अरे दोस्तों की छोड़ो कम से कम माँ-बाप की याद तो कर लिया करो? वैशाली ने गुस्सा दिखाते हुए वरूण पर ये प्रश्न दागे। वरूण झेंपते हुए बोला—नहीं इस बार ही ये हुआ। वैशाली ने उसे रोकते हुए कहा—अच्छा-अच्छा रहने दो। मैं जानती हूँ! तुम फिर कोई-न-कोई बहाना बनाकर बच ही जाओगे। पर मैं तुम्हें ऐसे ही छोड़ने वाली नहीं हूँ। वरूण थोड़ा मुस्कुराते हुए अपने दोनों कान पकड़कर बोला—अच्छा बाबा सॉरी! माफ़ कर दो। वैशाली भी मुस्कुराती हुई बोली अच्छा चलो माफ़ किया, पर आइन्दा उसके बोलने से पहले वरूण बोला—आइन्दा ऐसा कुछ भी नहीं होगा, तौबा करता हूँ। मेरी तौबा! मेरे भगवान की तौबा! दोनों हँसने लगे। एक लम्बे समय से जारी दोनों के बीच का भारीपन हल्का हो गया। दोनों फिर पहले वाली जगह पर आ गये, एक-दूसरे के बड़े क़रीब, जैसे कि वो पहले थे—अच्छे दोस्त, हमराज, हमसफर और? और भी बहुत कुछ।

इस बार वरूण ने पहल की—और कैसा चल रहा है यहाँ? सबकुछ ठीक तो है न? हाँ सबकुछ ठीक है, पर अब मुझसे अकेले ये संघर्ष नहीं किया जाता। कभी-कभी जी उचाट हो जाता है। रोने का मन करता है। रोती भी हूँ। सच बोलूँ वरूण! तो अब एक पति की ज़रूरत महसूस होती है। वैशाली के इस उत्तर पर वरूण थोड़ा मुस्कुराया! नहीं-नहीं तुम ग़लत समझ रहे हो वरूण! मेरे कहने का मतलब है कि अब मैं अकेलापन महसूस करने लगी हूँ। देखो उम्र भी तो हो चली है। अरे उन्तीस की हो रही हूँ? न कोई घर ना ठिकाना। माँ-बाप अलग परेशान, भाई-बहन अलग दुखी और मैं अपनी जगह अलग उदास और तिसपर से अकेली। मेरा भी जीवन क्या कोई जीवन है? सुबह जल्दी उठकर स्कूल को भागना, दिनभर बच्चों में सिर खपाना, कभी क्लास में कभी ट्यूशन में और फिर शाम को थक हार कर घर लौटना। आने

पर कोई पानी पूछ ले तो उसका बड़ा एहसान। और फिर मिलता भी क्या है कुल ले देकर सिर्फ अपने खर्चभर के थोड़े रुपये। जिनसे सिर्फ जेबखर्च चल सकता है, ज़िन्दगी नहीं। वरूण चुपचाप सुनता चल रहा था। अब दोनों फुटपाथ पर काफ़ी आगे निकल गये थे, शहर का बड़ी बत्तीवाला चौराहा साफ दिखाई दे रहा था। वैशाली चुप हुई तो वरूण ताली बजाता हुआ बोला—वाह-वाह क्या डायलॉग मारा है, किसी फिल्म का है या किसी नाटक का। वैशाली उसे घूरती हुई बोली—हँस लो बच्चू! हँस लो! लड़की होते तो जानते। हाँ-हाँ हम लड़के तो जैसे कोई संघर्ष ही नहीं करते। बड़ी आयी संघर्ष करने वाली! वरूण थोड़ा तुनककर बनते हुए बोला। फिर दोनों थोड़ी देर तक शान्त रहे। इसबार भी वरूण ने ही मौन भंग किया—और घर का क्या हाल चाल है? पापा-मम्मी, दीदी, रिंकू गुड़िया वगैरह का और हाँ जैकी कैसा है? वैशाली अब तक फिर गम्भीर हो चुकी थी। बोली—पापा उसी पुराने ढर्रे पर चल रहे हैं। सारी जवानी तो मौजमस्ती में पीकर यार दोस्तों में गुजार दी। रुपये के नाम पर रिटायरमेंट के बाद के मिले पी.एफ., ग्रेच्युटी वगैरह के पैसे। हैसियत के नाम पर एक कमरे का मकान। आजकल रजिस्टर के रजिस्टर रामनाम से भर रहे हैं और वो भी लाल कलम से। मेरा तो जी ही जलता है उनकी इस हरकत से। कभी-कभी तो ये सोचती हूँ कि बीमारी के दौरान चल बसे होते तो ज़्यादा अच्छा होता! कम से कम तब नौकरी में थे उनकी जगह रिंकू को नौकरी तो मिल जाती, आगे की ज़िन्दगी का कुछ तो सहारा होता। बेचारा आज दर-दर की ठोकरें खा रहा है। दो-दो पैसे के लिए बनियों की नौकरी में लात खा रहा है। पापा की तो तुम बात न किया करो! मेरा कलेजा फुंक जाता है। माहौल फिर भारी हो गया। अब दोनों बड़ी बत्तीवाले चौराहे पर आ गये थे। भीड़-भाड़ गाड़ी मोटरों की आवाजों के बीच दोनों ने सड़क पार की। कुछ देर तक ऐसे ही चुपचाप चलते रहे। वैशाली ने आगे कहना शुरू किया—मम्मी को अब देखोगे तो पहचान नहीं पाओगे? मालूम है! वो पचास में पैंसठ की लगने लगी हैं। सूखकर ढाँचा हो गयी हैं। एकदम उस जादुई कंकालिन बुढ़िया जैसी। चौबीस घन्टे बस एक ही रोना रोती हैं वैशाली की शादी हो जाती तो गंगा नहाती। वैशाली की शादी हो जाती तो ये करती, वो करती। मेरा तो हॉस्टल से घर जाने का मन ही नहीं करता। भला हो सरकार का जो वर्किंग वूमेन हास्टल उसने बनवा दिये! वरना मेरी जैसी हजारों लड़कियाँ या तो पागल खानों में होती या आत्महत्या करके परलोक सिधार गयी होती। मैं तो अब अपने घरवालों से भरपाई। काश! ऐसे में आकर कोई सुयोग्य वर मेरा हाथ थाम लेता? एकाएक वैशाली को कुछ सूझा—तो बोली—ऐ वरूण! तुम मेरा हाथ क्यूँ नहीं थाम लेते? वरूण के चेहरे

पर कोई प्रतिक्रिया नहीं उभरी। वो गम्भीर होकर बोला—अगर ऐसा हो सकता? तो मैं कबका तुम्हारा हाथ थाम चुका होता। पर ऐसा नहीं हो सकता। छोटाई-बड़ाई मैं नहीं मानता! तुम मुझसे साल भर ही तो बड़ी हो। पर मैं तुमसे मानसिक तौर पर बड़ा हूँ लेकिन मैं ऐसा कुछ भी नहीं कर सकता? जानती हो ऐसा करने से दर्जनों जिन्दगियाँ बर्बाद होंगी। मेरे परिवार के लोगों की। तुम्हारे परिवार वालों की। माहौल को भारी होता देख वैशाली माखौल सा उड़ाकर बात का रूख बदलती हुई बोली—अरे वो तो मैंने ऐसे ही कह दिया। वरना तुम क्या? तुम्हारी बिसात क्या? ये मुँह मसूर की दाल। बड़े आये मुझसे मानसिक तौर पर बड़े! अरे जो बड़ा वो बड़ा, क्या शरीर क्या दिमाग। दोनों थोड़े सामान्य हुए। कुछ दूर तक फिर मौन छाया रहा! अब वे एक सुन्दर से पार्क के सामने थे। वैशाली बोली—चलो थोड़ी देर यहाँ बैठते हैं। वरूण बोला ठीक है—चलो। और तुम्हारी सर्विस का क्या हुआ, मरोचा का जैक कुछ काम आया? वरूण गाली देने वाला था, पर साला कहकर आगे बढ़ गया। बोला—मरोचा? उस साले की पैठ मैंने जान ली है। अरे! उसकी हालत अफ़सर के जमादार जैसी है। सभी उसकी थोड़ी सुनते हैं। कुछ लोग जरा सा हालचाल पूछ लेते हैं तो बहुत बड़ा गाडफादर बन जाता है वो। उसकी बात मत करो! मेरा मूड खराब हो जायेगा। तो ठीक है—चाय की बात करते हैं। उससे हम दोनों का मूड अच्छा हो जायेगा। वैशाली मुस्कुरा कर बोली। हाँ वो हो सकती है वरूण भी मुस्कुरा दिया। सामने एक चायवाला जा रहा था। वो पार्क में बैठे लोगों में चाय बेच रहा था। शायद वही उसकी रोजी थी। वरूण ने उसको बुलाया, दो चाय ली, पैसे दिये, वो चला गया तो दोनों चुस्की ले-लेकर चाय पीने लगे। धीरे-धीरे शाम हो रही थी। पार्क में लोगों का जमावड़ा बढ़ रहा था। चाय का कुल्हड़ फेंकते हुए वरूण ने आसमान की तरफ़ देखा फिर घड़ी देखी—वो चौंक कर ये कहता हुआ उठ खड़ा हुआ—बाप रे छः बज गये—भइया अब मैं घर चलूँगा। मम्मी कहेगी वैशाली को छोड़ने क्या गया वहीं का होकर रह गया। वैशाली थोड़ा चिढ़कर बोली अच्छा चुपचाप बैठो—मम्मी कहेंगी। अरे तुम्हारी मम्मी तो कुछ न कुछ कहेंगी ही—और तुम-तुम तो राम हो न राम—सौ चूहे खाके बिल्ला हज को चला। बड़े आये शरीफ़जादे-पाकसाफ़। अरे मुझको देखो लड़की हूँ। फिर भी जब नहीं तब तुम्हारे घर चली आती हूँ। तुम्हारी मम्मी के सामने खींस निकालकर उन्हें नमस्ते कहकर, घण्टों उनकी चापलूसी करती हूँ। और एक तुम हो—मेरे लिए उनकी दो बातें नहीं सुन सकते। अरे मेरे दिल से पूछो—तुम्हारी मम्मी ही नहीं तुम्हारे पड़ोसी भी मुझे सन्देह की दृष्टि से देखते हैं।

देखते हैं तो देखा करें—मेरी बला से, और खड़े वरूण का हाथ पकड़कर उसने जबर्दस्ती उसे फिर घास पर बैठा लिया। वो बोली—तुमसे एक काम था? एक बैंक की बीस हजार की एन.एस.सी. का पीरिएड एक्सटेंड करवाना था। बोलो कब मिलोगे? वरूण मसखरी करता हुआ बोला—जब सरकार का हुकुम हो! बन्दा तैयार है! अभी चलूँ। वैशाली कड़ी होकर बोली—हाँ-हाँ बड़े आये सरकार कहने वाले जब ज़रूरत आयेगी तो बहाना बनाकर निकल लोगे। सीरिएसली बोलो! वरूण बोला—सीरिएसली ही तो बोल रहा हूँ। वैशाली गम्भीर होती हुई बोली—दीदी की चिट्ठी आयी थी, जिस लड़के के घरवालों से उन्होंने मेरी बात चलाई थी, उसकी शादी कहीं और तय हो गयी। पहले सोचा गया था अगर मामला तय हो गया तो रूपयों की ज़रूरत पड़ेगी, तब दिक़्क़त नहीं होनी चाहिए। पर अब मुझे ऐसा लगता है कि ये सीजन बीत ही जायेगा? क्यूँ—वरूण ने टोका। अरे दो सालों में दीदी ने एक रिश्ता खोजा वो भी हाथ से निकल गया। फिर वो दीदी हैं दीदी अपने आगे उन्हें मेरी क्या चिन्ता—देखना उनके कानों पर भी जूँ नहीं रेंगेगी। जीजाजी को तो नौकरी की दौड़भाग, दाँवपेंच—इन्हीं से फुर्सत नहीं मिलती कोई किसी के बारे में नहीं सोचता? अब मैं भी किसी के बारे में नहीं सोचती—सच। वरूण इस बार फिर उठा और बोला—बहुत हो चुकी भाषणबाजी बाक़ी बातें बाद में फिर होंगी, चलो उठो भी और उसने वैशाली को हाथ पकड़कर जबरन उठा लिया। वैसे वैशाली जाना नहीं चाहती थी पर वरूण के आगे उसकी एक न चली। उसे चलना ही पड़ा! वरूण बोला आज मंगलवार है—मैं तुम्हें अगले सोमवार को मिलूँगा—तुम्हारा बैंक का काम उसी दिन करवा दूँगा फिर हम कहीं घूमने चलेंगे—मंजूर-मंजूर! वैशाली मुस्कुरा कर बोली। दोनों आगे बढ़ गये। पास के घण्टा घर से सात बार घड़ियाल के बजने की आवाज सुनाई दी। सात बज चुके थे, शाम रात में तबदील हो चुकी थी, सूरज की रौशनी की जगह अब शहर बिजली की लाइटों की चकाचौंध में जगमगा रहा था और चार क़दम आगे बढ़ते जा रहे थे अपनी घुटन भरी उबाउ ज़िन्दगी से जूझने के लिए किसी सुखद अंजाम की तलाश में।

संगिनी

सुबह हो चुकी थी! घर के सभी लोग उठ चुके थे और सबने अपने-अपने काम की बागडोर सम्हाल ली थी। भक्ति ने किचन, हिमानी ने घर की साफ-सफाई, बिल्लू ने अपनी पढ़ाई की मेज और उनकी माँ रूक्मिणी देवी ने पूजा घर की। इतने में घण्टी बजी भक्ति रसोई घर से बोली—हिमानी देखना कौन आया है? हिमानी घर में सबसे छोटी है उम्र लगभग 17-18 वर्ष। 12वीं कक्षा में पढ़ती है—वाक्पटु और चंचल है? दरवाजा खोलते ही वो उछल पड़ी—अरे! पापा आ गये-पापा। कहती हुई अपने पिताजी से लिपट गयी। देवकी शरण बाबू ने भी बड़े प्यार से उसे पुचकारा कैसी है? हमारी लाडली बिटिया! आपसे नाराज़ हूँ। आप कल क्यूँ नहीं आये? नाराज़गी जताते हुए हिमानी ने जवाब दिया। सभी लोग तब तक इकट्ठा हो चुके थे बस भक्ति नहीं आयी थी (भक्ति इस समय घर की नवीन पीढ़ी की सर्वोच्च सदस्या है—साधारण कद, गोरा रंग, सामान्य नाक-नक्श और बी.ए. पास। कुल ले दे के आज के माहौल के हिसाब से ठीक-ठाक। उसे घर के सारे काम काज भी आते हैं—रसोई से लेकर-सिलाई कढ़ाई तक। वह व्यवहार में हिमानी की अपेक्षा अधिक धीर-गम्भीर है, आख़िर हिमानी से दस वर्ष बड़ी जो है।) रूक्मिणी देवी—हाथ में तुलसी की माला लिए हुए ही चली आयी थी। माला फेरती हुई बोली—क्या हुआ? क्या समाचार है? बात पक्की हुई? देवकीशरण मुस्कुराते हुए बोले—अरे! जरा दम तो लेने दो। सब कुछ बता दूँगा। बिल्लू जाके रिक्शेवाले को पैसा दे दे! मेरे पास खुले नहीं है और हाँ मेरा ब्रिफ़केस भी लेते आना। बिल्लू ने कहा—अच्छा पापा! और बाहर की ओर बढ़ गया (बिल्लू देवकीशरण जी का इकलौता बेटा है—इस वर्ष बी.ए. का आखिरी साल है उसका। बड़ा ही सौम्य और उदार चेता है।) ड्राइंग रूम के सोफे पर बैठते हुए देवकीशरण बाबू बोले—भक्ति कहाँ है? रूक्मिणी देवी बोली—रसोई घर में है क्यों? देवकीशरण बाबू वहीं बैठे-बैठे बोले—अरे भक्ति!

मेरे लिए चाय बना लाना बेटे। रसोई घर से ही भक्ति ने जवाब दिया—अच्छा पापा! वैसे मैं नाश्ता बना चुकी हूँ। अभी सबकुछ लाती हूँ। छोटा घर होने से ड्राइंग रूम की आवाज किचन तक पहुँच जाती है (देवकी बाबू का घर बहुत बड़ा नहीं है—दो कमरों का छोटा-सा फ्लैट है जो उनके परिवार के लिए ले देके ठीक ही है, कोई मेहमान आ जाता है तो कुछ समस्या उत्पन्न हो जाती है। पर सभी इससे सन्तुष्ट हैं। असन्तुष्ट हैं तो बस रूक्मिणी देवी।) उधर भक्ति नाश्ते की ट्रे लेकर आयी और इधर बिल्लू ब्रिफ़केस लेकर। भक्ति ने ट्रे मेज पर रखी और बिल्लू ने ब्रिफ़केस आलमारी में। फिर सभी लोग बैठ गये।

रूक्मिणी देवी ने अपने पूर्व प्रश्नों को फिर दोहराया—क्यों जी, क्या हुआ? क्या कहा उन लोगों ने? कुछ बात बनी या हर बार की तरह यूँ ही खाली हाथ लौट आये हो? इस बार देवकीशरण बाबू ने कोई बहाना नहीं बनाया और बोले—सब कुछ ठीक-ठाक हो गया। स्नेहा के ससुर यानि की समधी जी ने बड़ी सहायता की और दामाद जी ने काफ़ी दौड़भाग की। तब जाकर बात पक्की हो पाई। पक्की हो गयी—ये चिल्लाती हुई हिमानी उछल पड़ी और भक्ति शर्माकर अपनी चाय की प्याली लिए हुए दूसरे कमरे में चली गयी। (स्नेहा देवकीशरण बाबू की सबसे बड़ी सन्तति है। उसका ब्याह देवकीशरण बाबू ने एक अच्छे घराने में तीन वर्ष पहले किया था। उसका पति दिल्ली में एक प्राइवेट फर्म में अच्छे पद पर है और ससुर वकील हैं।) बात को आगे बढ़ाते हुए देवकीबाबू बोले—लड़का बड़ा अच्छा है। एकदम भक्ति की तरह सभ्य और सुशील दिखता है। घर परिवार भी अच्छा है—दो भाई हैं—बड़ा भाई जिस कम्पनी में है उसी कम्पनी में लड़का उससे ऊँचे पद पर है। बड़ा मेल-मिलाप है उनके परिवार में और लड़के के माँ-बाप को तो दशरथ-कौसल्या जानो! बड़े सुख से रहेगी हमारी बच्ची। भगवान स्नेहा के घरवालों को दिन दूनी-रात चौगुनी तरक्की दे वर्ना मैं रिटायर और रोगी आदमी क्या कर पाता इस बुढ़ापे में? बेटी की आधी उम्र निकल गयी और अब जाकर उसका ब्याह ठीक कर सका। उधर बिल्लू-रूक्मिणी देवी और देवीशरण बाबू शादी की बात-चीत और आगामी व्यवस्था के बारे में बातचीत करने लगे और इधर हिमानी ने भक्ति के कमरे में आकर धूम मचा दी। वो कहे जा रही थी पापा को देखकर ही मैं समझ गयी थी कि सारी बातचीत पक्की हो गयी। पता है आज 12 तारीख है 12 दिसम्बर और 20 जनवरी को तुम्हारी शादी है। क्या बात है! ख़ूब मजा आयेगा! सारे लोग इकट्ठा होंगे! घर में धूम मचेगी! धमाचौकड़ी होगी! मैं सोचती हूँ तो लगता है खुशी से पागल हो जाऊँगी। क्यों दीदी? तुम पागल नहीं होगी। भक्ति रोष दिखाते हुए बोली—जा रही

है या दूँ खींच के एक हाथ! शैतान की खाला कहीं की! चल भाग यहाँ से! मुझे चैन से बैठने दे। हिमानी बोली - जाती हूँ-जाती हूँ, पर ये जो मेरे हाथ में—ये फोटो होने वाले जीजाजी की है, इसका क्या करूँ? सोचती हूँ, लेती ही जाऊँ। बेचारे विश्वास जी! बुरे फँसे! भक्ति ने फुर्ती से उठकर हिमानी से वो तस्वीर ले ली, और बोली - जाती है या... हिमानी बोली जाती हूँ बाबा जाती हूँ! तुम बैठो और सोचो। ये कहती हुए वो चली गयी फिर ड्राइंगरूम में किसी नई खबर की तलाश में। ड्राइंगरूम में पहुँचते हुए वह बोली—क्यों पापा क्या हो रहा है?

बिल्लू ने डाँटते हुए कहा—हिमानी चुपचाप बैठो। देखती नहीं कितनी ज़रूरी बातें हो रही हैं। ये नहीं चुपचाप सुनें और कुछ राय जाहिर करे। तुम्हें तो हर वक्त कुराफात के अलावा ओर कुछ नहीं सूझता, 'समटाइम्स बी सीरियस'। बेचारी हिमानी चुपचाप बैठ गयी।

रूक्मिणी देवी कह रहीं थीं—क्यूँ जी सबकुछ तो ठीक है, पर लड़का प्राइवेट कम्पनी में है। प्राइवेट नौकरी का क्या भरोसा? देवकीशरण बाबू बोले—आजकल के जमाने में सरकारी नौकरी मिलती किसे है! फिर बड़े दामाद भी तो प्राइवेट कम्पनी में ही हैं। बिल्लू ने बात को समर्थन दिया, मम्मी प्राइवेट नौकरी में सरकारी नौकरी से अधिक पैसा और आराम है। तभी हिमानी बोली और माँ अमेरिका इंग्लैण्ड में वो सबकुछ प्राइवेट ही है। कोई सरकार की नौकरी करता ही नहीं...

वह आगे कुछ कहती कि बिल्लू ने उसे फिर घूरा बेचारी चुप हो गयी। इधर इन लोगों की बातें चल रही थीं और उधर भक्ति विश्वास की तस्वीर देखकर फूली नहीं समा रही थी। मन ही मन सोच रही थी—देखने में तो अच्छे हैं! कम-से-कम मुझसे तो अच्छे! फिर तस्वीर छाती से लगाये लेट गयी और सोचने लगी! क्या फर्क पड़ता है—अच्छे या बुर से। केवल नज़र-नज़र का फेर है। व्यक्ति गुणवान ही अच्छा! शक्ल सूरत की क्या बिसात! सब क्षणिक है। कितनी प्रतीक्षा करनी पड़ी मुझे! आज के दिन के लिए। बढ़ती हुई उम्र, माँ-बाप की चिन्ता, समाज के ताने, लड़कों के कमेन्ट्स और जाने क्या-क्या सहना पड़ा, पिछले दस बरसों में बी.ए. पास करने के बाद। मैंने जितना सहा क्या बिल्लू ने उसे सहा? हो सकता है उसे भी संघर्ष करने पड़े, पर उनमें मुझ जैसी विवशता नहीं होगी! कम से कम वो स्वतन्त्र तो है, कुछ भी अच्छा बुरा करने को पुरुष है न! यों तो हमारे देश की नारी आगे ही बढ़ती जा रही है, पुरुष से भी आगे आज उसे समाज देख रहा हैं पर ऐसी कितनी लड़कियाँ निकल पाती है, हमारे समाज से। हमारे यहाँ तो यही है कि इण्टर-बी.ए. तक पढ़ लो फिर इन्तज़ार करो विवाह का। नारी परम स्वतन्त्र होते हुए पति पर ही आश्रित है,

ससुराल पर ही जीती है। टाइम पास के लिए वो कुछ छोटा मोटा (ट्यूशन, कोई व्यावसायिक प्रशिक्षण आदि) कर भी ले पर वो भी अस्थाई। यहाँ तो स्थायी नौकरी तक लड़कियों को छोड़नी पड़ती है। क्या आगे भी नारी को अपनी पहचान बनाने के लिए सैकड़ों संघर्ष करने होंगे? हो सकता है हम आगामी पीढ़ी में अपनी बच्चियों में ऐसा हौसला भर सकें कि आगे बढ़ो-पुरुषों से भी आगे, समाज में सबसे आगे। पर छोड़ो ये सारे झमेले अब तो पति देव मिल ही जायेंगे! उन्हीं के साथ झेली जायेगी आगे की ज़िन्दगी। जैसी भी होगी—देखी जायेगी।—कम-से-कम एक साथी तो मिलेगा! क़दम से क़दम मिलाकर चलने वाला! मुझे समझने वाला! मेरा अन्तरंग। अब मैं चैन की साँस ले सकूँगी! आगे भी जिल्लते होगी पर वो समय, इस समय से बुरा नहीं होगा? इतना विश्वास है। ऐसी न जाने कितनी तरह-तरह की बातें वो अपने आप से ही करती जा रही थी कि तभी माँ ने आकर कहा - भक्ति! अरे भई घड़ी देखो! क्या टाईम हो गया! क्या आज खुशी के मौके पर हमें भूखा ही रखोगी! तभी हिमानी और बिल्लू ने कमरे में प्रवेश करते हुए कहा - लगता तो ऐसा ही है मम्मी। भक्ति बोली - बिल्लू तुम भी अब हिमानी के हिमायती हो गये। देवकीशरण बाबू ये कहते हुए बाथरूम में जा रहे थे कि मकान बनवा लिया दूसरी लड़की की शादी भी हो ही जायेगी पर अब देखो बिल्लू का क्या होगा? कैसी नौकरी मिलेगी? और फिर हिमानी भी तो...। तभी रूक्मिणी देवी उन्हें डाँटती हुई बोलीं चलो-चलो अब नहा लो बहुत हो गया। सभी हँस पड़े और भक्ति नये जीवन की नवीनताओं से उमंगित चल पड़ी दोपहर का खाना बनाने। ये सोचती हुई कि ये भक्ति अपने विश्वास की ऐसी संगिनी बनेगी कि लोग हमारे जोड़े की मिसाल देंगे।

हरि के हजार हाथ

कानपुर से लखनऊ की ओर आने वाली 1:15 की लोकल गाड़ी एल.के.एम. (मेमू ट्रेन) ने चलने की व्हिसिल बजायी। मैं अपने एक मित्र के साथ ट्रेन में दाखिल हुआ। दो लोगों वाली एक-एक सीटें आमने-सामने खाली थी, हम लोग उन्हीं में से एक पर बैठ गये। कुछ पल बाद एक सिपाही सामने वाली सीट पर आ डटा। उसकी शर्ट पर उसके नाम की बैच लगा था जिस पर उसका नाम छपा था आर. कुमार। थोड़ी देर के बाद एक ग्यारह-बारह वर्ष का बालक हमारे पास आया। उसने हमसे पूछा—क्या? जे सीट खाली है हमने उसे ध्यान से देखा? बालक सुन्दर था गोरा-चिट्टा। पर कपड़े उसके कुछ गन्दे थे—ऐसे मानों दो-तीन दिन से उसने पहन रखे हों। फिर भी बहुत गन्दे नहीं कहे जा सकते थे। मैंने उसे बैठने का इशारा किया। वह सिपाही के बायीं ओर खिड़की से सटकर बैठ गया। पर उसकी मुद्रा कुछ स्थिर न थी—वह बार-बार गर्दन उठाकर इधर-उधर देख रहा था। तुम किसी को ढूँढ़ रहे हो बेटा? मेरे मित्र ने उससे पूछा। जी अपने पापा को देख रहा था? वे कहीं पीछे रह गये हैं। सच बोल रहा है या घर से भाग कर आया है! अचानक पुलिस वाले ने अपने स्वभाव के अनुसार उसे टोका। लड़का ये सुनकर सकपका गया। पुलिस वाला हमसे मुखातिब होकर बोला—देखा भाई साहब कैसे सकपका गया, ये साला ज़रूर घर से भागा है। इसके कपड़े बता रहे हैं, जरा चेहरा तो देखो? कैसा धूल से भरा है। लगता है कई दिन से नहाया नहीं है। मेरे मित्र ने लड़के से कहा बेटे घबराओ मत। क्या बात है? जरा साफ़-साफ़ हमें बताओ? हम तुम्हारी जो हो सकेगा मदद करेंगे। क्यों सर! वे मेरी तरफ़ देखकर बोले—मैंने कहा हाँ! बिल्कुल! तुम बेफिक्र होकर बताओ बेटा। लड़के ने बड़ी निश्चिन्तता से कहा—जी कोई बात नहीं है। हम तो जे अपने पापा को देख रहे हैं, लगता है! वे कहीं पीछे वाली बोगी में चढ़ गये हैं। पुलिसवाला फिर बीच में टपका—बोला अरे! ये बता तेरे पास टिकट भी है?

या वो भी तेरे पापा के पास है। लड़के ने बोला नहीं मेरे पास टिकट नहीं है, वह भी पापा के पास है। पुलिसवाला फिर हमारी तरफ़ रूख करके बोला - देखा साहब मैं कह रहा हूँ न? ये साला, हमें झाँसा दे रहा है! कोई पापा-वापा इसके साथ नहीं चढ़ा है ट्रेन में, ये हमें बना रहा है। लड़का फिर थोड़ा सकपका गया। इतने में अगला स्टेशन आ गया। मेरे मित्र ने लड़के से कहा, चलो बेटे मेरे साथ हम तुम्हारे पापा को ढूँढ़ते हैं। अगर मिले तो पहले मैं उन्हें खरी-खोटी सुनाऊँगा तब तुम्हें उन्हें सौपूँगा। लड़का अपनी जगह बैठा ही रहा। पुलिस वाला फिर हमसे बोला—साहब मैं कह रहा हूँ न! ये साला, हमें बना रहा है। कोई पापा-वापा इसके साथ नहीं चढ़ा है इस ट्रेन में। पूछो इससे! ये खुद बतायेगा। क्यों बे! बता क्या बात है? इस बार मैंने बीच-बचाव किया। मैं लड़के से बोला! बेटे क्या बात है? सच-सच बताओ? लड़का बोला जी कुछ नहीं? पर इस बार उसके चेहरे पर थोड़ा भय मुझे दिखा था। मैंने अपने मित्र की तरफ़ देखा—उन्होंने मेरी तरफ। फिर मेरे मित्र ने अपने बैग से तीन छोटे-छोटे सेब निकाले। एक मुझे दिया, एक खुद लिया, और एक लड़के को दिया। बोले ले लो बेटा! घबड़ाओ मत! इस क्रम में देखते-देखते हम पूरी बोगी के आकर्षण का केन्द्र बन चुके थे। कई लोग हमारे इर्द-गिर्द आकर खड़े हो गये थे। सभी की निगाहें लड़के पर प्रश्नवाचक दृष्टि से टिकी हुई थी। भीड़ में से एक आदमी लड़के से बोला—बेटे ये दोनों लोग बड़े भले हैं, मैं इन्हें जानता हूँ। ये तुम्हे तुम्हारे घर पहुँचा देंगे या तुम जहाँ जाना चाहते हो तुम्हें छोड़ देंगे। जो कुछ भी तुम्हारे साथ हुआ है? तुम इन्हें सच-सच बतला दो। इस बीच पुलिसवाला लोगों में अपनी धौंस जमा रहा था कि कैसे आज वह एक इन्काउन्टर कर के आया है, कि वह एस.टी.एफ. का सिपाही है। वह कह रहा था आज जिसे मारा है साला वो भी देखने में बहुत भोला था! साला एक लड़की के घर में छिपा था, निकालकर ठोंका साले को। लड़का धीरे-धीरे-सेब खा रहा था। अब सेब खत्म होने को था, कि मेरे मित्र ने उससे पूछा? बेटे तुम्हारा नाम क्या है? उस मासूम ने जवाब दिया—जी गौरव। बेटे तुम कहाँ से आ रहे हो—जी बाँदा से। तुम पढ़ते हो—उन्होंने पूछा? जी छठे क्लास में हूँ। लड़के ने सलीके से जवाब दिया। मेरे मित्र ने मेरी तरफ़ देखा, मैंने लड़के से पूछा—बेटे तुम्हारे घर में कौन-कौन है? वो बोला—पापा है, मम्मी है, एक छोटी बहन है और मैं हूँ। तुम्हारी बहन भी पढ़ने जाती है? जी नहीं। अभी तो वो तीन साल की है। वो क्या पढ़ेगी? इस दफा पहली बार लड़के के चेहरे पर हल्की-सी मुस्कान दिखी थी। शायद अपनी बहन का जिक्र सुनकर वो प्रसन्न हुआ था। इसलिए उसकी मुस्कुराहट ने हमारा कुछ उत्साह बढ़ाया था। तुम्हारी बहन

का क्या नाम है? इस बार मैंने भी मुस्कुराकर उससे पूछा—वो बोला, जी प्रियंका। तुम्हारे पापा क्या करते हैं बेटे? मेरे मित्र ने उससे सवाल किया। जी कुछ नहीं करते, घर पे रहते हैं। उसने बड़ी सहजता से जवाब दिया। फिर तुम्हारी मम्मी कुछ करती होंगी? मेरे मित्र ने पूछा। जी वो क्या करेंगी? वो तो मामा के यहाँ रहती हैं। क्यों तुम्हारे मम्मी-पापा एक साथ नहीं रहते। इस बार पुलिसवाले ने पूछा—लड़का उसके सवाल पर चुप रहा। यही बात मैंने उससे हौले से पूछी—तो वो बोला, जी नहीं! जब कभी पापा घर पर आते हैं, तो मम्मी पापा में झगड़ा हो जाता है। पापा फिर गुस्साकर चले जाते हैं। तुम किसके साथ रहते हो बेटा—जी मम्मी के पास मामा के साथ, मेरे मामा फोटोग्राफर हैं वहीं बाँदा में उनकी दुकान है। मेरे मामा के बारे में पूछने पर उसने कहा। तुम यहाँ तक कैसे आये? मेरे मित्र ने उससे पूछा। वो बोला जी पापा के साथ! बाँदा पैसेन्जर से आये हैं। यहाँ स्टेशन पर उतरकर उन्होंने मुझसे कहा कि आठ नम्बर पे लखनऊ वाली गाड़ी खड़ी है उसी से लखनऊ चले जाना। वो गाड़ी लखनऊ में जिस प्लेटफार्म पर पहुँचेगी उसके सामने वाले प्लेटफार्म से अयोध्या वाली गाड़ी जायेगी। उससे तुम अयोध्या चले जाना! फिर वहाँ से तुम हनूमानगढ़ी चले जाना! जहाँ पिछली बार हमारे साथ गये थे। उसका जवाब सुनकर हम दोनों मित्र अवाक् रह गये। एक साथ कई सवाल हमारे मन में उठने लगे। यानि लड़का घर से भागा नहीं था? उसका पिता उसे स्वयं बाँदा से कानपुर तक लाया था और स्वयं उसे मेमू ट्रेन में बैठने को प्रेरित किया था? कैसा कठकरेजी बाप है? क्या उसे ऐसे बच्चे से जरा-सा भी लगाव नहीं है। जिस बच्चे को देखकर हम पसीज गये थे उस बच्चे को उसी के बाप ने इस तरह अकेले कानपुर से बिना टिकट अयोध्या को रवाना कर दिया है। उस निर्दयी को इस बच्चे पर (अपने बच्चे) दया तक नहीं आयी। खुदा-न-खास्ता अगर इसे कुछ हो-हवा गया तो इसकी माँ पर क्या गुज़रेगी? कहीं यह किसी ग़लत हाथ में पड़ गया तो इसका क्या होगा? क्या ये जीवन भर भीख माँगेगा? या जिस्म के व्यापारी इसका कोई अंग बेच खायेंगे? या कि... हम सिंहर उठे। तुम अकेले अयोध्या चले जाओगे? तुम्हे डर नहीं लगेगा? मेरे मित्र के इस सवाल पर लड़का बोला—जी चले जायेंगे। जे गाड़ी लखनऊ में जिस प्लेटफार्म पर रूकेगी उसी पर शाम छः बजे अयोध्या के लिए पैसेन्जर गाड़ी जाती है। हम अयोध्याजी पहुँच जायेंगे। वहाँ हम स्टेशन से मन्दिर तक का रास्ता जानते हैं। सो मन्दिर, महन्तजी के यहाँ हम आसानी से पहुँच जायेंगे। तुम्हें इस तरह अकेले बिना पैसे, बिना टिकट के डर नहीं लगेगा। मानो रास्ते में मजिस्ट्रेट चेकिंग हो गयी और तुम पकड़ लिए गये तो—पुलिस तुम्हें जेल में डाल देगी—इस बार मैं बोला।

तुम्हें पता है दुनिया कितनी खराब है? मान लो कोई भीख माँगने वाला तुम्हे पकड़ ले गया और तुम्हें उसने अपंग बनवा दिया तो? तुम क्या करोगे? जीवन भर भीख मांगोगे। अपंग बने रहोगे। बिना हाथ पैर के मेरे मित्र बोले। इस बार लड़के के चेहरे पर थोड़ा भय हमें दिखा। गाड़ी लखनऊ के क़रीब पहुँच रही थी अमौसी आ रहा था। पुलिस वाले को यहाँ उतरना था—वह हमसे बोला—साहब इसे सुरक्षित रखियेगा? साला जाने किन (उसने भद्दी-सी गाली दी) के घर में पैदा हो गया है। इसका बाप इसकी माँ जाने कैसे हैं? ये नहीं जानता कि इसके साथ क्या हो सकता है? कितना बुरा हो सकता है (पर ईश्वर न करे)। साहब इसका ख्याल रखियेगा। अमौसी आ चुका था, पुलिस वाला वहाँ उतर गया। अब लड़का हमारे सामने-अजीबोगरीब सवाल था? हम उसका क्या करते? उसे कैसे छोड़ते? इतना सबकुछ जानते हुए भी। लखनऊ क़रीब आ रहा था। मेरे मित्र उससे बोले—मेरे साथ मेरे घर चलोगे! मेरी एक बेटी है, उसी के साथ रहना। खाना-पहनना-पढ़ना! इस बार लड़का रूआँसा हो गया और बोला हम कहीं नहीं जायेंगे? किसी के साथ नहीं जायेंगे। हम तो अयोध्याजी जायेंगे। पर अगली बार हम अकेले नहीं आयेंगे। तुम्हारी मम्मी तुम्हारे अयोध्या जाने की बात जानती हैं मैंने पूछा? वह बोला जी जानती है। इसबार पापा जब मामा के यहाँ आये तो दोनों में खूब लड़ाई भई। पापा गुस्से में मुझे खींच लाए और बोले—इसे तुझ पर भार नहीं रहने दूँगा। अयोध्याजी भेज दूँगा महंत जी की सेवा में, जे वहीं दाल-रोटी पा जावेगा, पल-बढ़ जावेगा। इसके बाद वो चुप रहा! अब वो सहम रहा था। शायद उसे इस बात का एहसास हो रहा था कि इतनी दूर उसका यूँ अकेले आना ठीक नहीं था। वह फिर बोला इस बार बस हम अयोध्याजी पहुँच जावें फिर वहाँ से भी अकेले नहीं वापस आयेंगे। हम और हमारे मित्र दोनों अब भी लड़के के बारे में ही सोच रहे थे। हम दोनों इसी बात पर विमर्श कर रहे थे कि यदि इसे अपने-अपने घर ले चले तो क्या-क्या समस्यायें आयेंगी? जी.आर.पी. में दे दें तो क्या-क्या होगा?

इतने में ट्रेन मानकनगर क्रॉस कर गयी थी अब हमारे पास वक्त कम था। कल फिर काम पर वापस कानपुर लौटना था! हम क्या करते? लड़के को अयोध्या छोड़ने का ख्याल आया, पर उसमें भी कई अड़चने दिखीं। सोच-समझकर हमने यही फैसला किया कि इसे अयोध्याजी का टिकट कटा दिया जाये, पचास रुपये दे दिये जाये, ट्रेन की पोजीशन बता-समझा दी जाये और भगवान के भरोसे छोड़कर अपने-अपने घर चला जाये। लखनऊ आकर हमने वैसा ही किया—मेरे मित्र ने उसे पचास रुपये दिये, एक सेब दिया, मैं जाकर उसका अयोध्या तक का टिकट

ले आया और उसे अपनी पानी की बोतल दे दी। चार बज चुके थे। उसकी ट्रेन प्लेटफॉर्म छः पर आनी थी दो घंटे बाद। हम दोनों मित्र उसे तरह-तरह से समझाकर, हिदायतें देकर चल दिये। तभी स्टेशन की एक चाय की दुकान पर रखा रेडियो फिल्म हरीदर्शन का ये गीत गा उठा -

अपना हरी है हजार हाथ वाला

ओ दीनदयाला

हरी है हजार हाथ वाला।

हम दोनों श्रेष्ठ, समर्थ, सज्जन, मित्रों ने एक दूसरे को देखा और आपस की नजरें चुराई, सच ही तो था हमने भी तो उसे उसी हरी की हजार बाहों के सहारे छोड़ दिया था—जिसके सहारे उसकी माँ ने उसे बाँदा से और पिता ने कानपुर से छोड़ दिया था।

□□□